U0010252

齋藤孝
張智淵──譯

這樣學習改變了我

把杜拉克、村上春樹等16位名師帶回家，
為你量身打造專屬學習法，
陪你一起練出人生致勝球！

在如夢如幻的愛情國度裡，有人喊破喉嚨，愛情依舊是一座高不可攀的山；是一片沉默冷硬的岩壁。有人沉不住氣，提早對著愛情大喊芝麻開門，惹來四十大盜團團圍住！生活的刀，現實的劍，鋒利無情，徒然落得粉身碎骨的下場！

呼喚愛情開門，有學問！跟阿里巴巴那一聲芝麻開門一樣，時機分寸必須拿捏得宜，喊對了，人世一趟即是豐富之旅。

這一篇，我想談談愛情入門的方法，提供世間男女參考。

想要擄獲愛情，其實有一些準備動作不能不做，就好像釣魚前須準備釣竿魚餌，出獵前須磨箭試弦一樣。首先，你得先去認識愛情。愛情的聲音氣味，顏色形狀如何？它的爪子利不利？它咬不咬人？愛情是可愛寵物呢？還是噬人惡獸！或者它只是一種植物，花開得嬌艷芬芳，孢子卻可能叫人渾身發癢？甚至它是礦物，名貴如鑽石寶玉，令人忍不住想珍藏把玩；或者它平凡無常的只像一粒砂子，跑進眼裡，淚水止也止不住！

都有可能！此乃標準答案。當你深切瞭解愛情的面貌千變萬化，自然懂得需要戒懼戒慎去捕捉或處理，這是愛情入門第一課。

就第一課，已是艱澀難懂！單純天真的青少年不宜太早費心思索。海島位居亞熱帶，陽光雨水充足，少年男女發育得早，才上國中高中就嚮往戀愛滋味，似懂非懂的在情路上冒險！是真的危險，「初生之犢不畏虎」的結果，大抵是這頭小牛叫猛虎給喫了！

不急，不用急，國中高中正是少年磨刀磨劍時期，專心一意去汲取智識，啟蒙智慧，等滿十八歲上了大學，視野寬闊了，眼光銳利了，這時候才算稍具辨識愛情真偽的能力，可以試著淺嚐情愛滋味。

我說淺嚐，是愛情濃冽如酒，初試情味者每每易醉，若是糊里糊塗鑄下大錯，等於在人生道上的起跑點先跌一跤！可不太划算。

因此，愛情入門第二課，題文定為：停、聽、看。

這三個字挺熟的？沒錯！鐵路平交道前總會看到這三個字。十幾截鋼鐵車廂，以時速超過一百公里的速度疾馳，其猛惡程度誰敢挺身一試？設下柵欄，豎起停聽看，無非是叫莽撞的人車有所規範，愛情也是！走上情路，平交道前也要停聽看。

當你在芸芸眾生裡，偶爾和一雙彷彿等待你千百世的眼睛相遇，那雙眼睛守候成一口井，闇異深沉，強烈的引起你探索汲取的衝動。沒錯！愛情出現了！像一列驚天動地的火車，從你心靈荒原轟隆隆自遠方直奔過來！你不必急著迎上去，呼喊攔擋，火車總會在月台上停留，太多先上車後補票的愛情乘客，事後才痛苦的發現，原來搭錯了車。

停一下，聽清楚，看明白！確定你選擇的伴侶和你目的相同，方向一致，從從容容買好車票，安安穩穩搭上列車，才能保證旅途快樂，一路平安。

如此執子之手，與子偕老，愛情從青春烈焰直燒到晚年餘溫，非常好！但並非每個人的愛情都能喜劇圓滿收場。萬一半途情斷，千山暮雪，只你一隻孤雁單飛，也沒關係，可以參考我要說的第三課：味道。

宿命也好，無緣也罷，繁華世界中的現代愛情，來得急去得快已是常態！想不開時，你或許會自怨自艾，別人是帥哥美女，自己卻偏偏長得很抱歉，樣子很野獸，所以，情場上別人是東方不敗，你是哈嘍兩齒！我不安慰你，但你的確錯了！

再醜的鍋子也有蓋，美醜從來沒有標準可言，你只是還沒找出自己的魅力點加以發揚光大罷了。醜男行大運，麻雀變鳳凰，一定有品味獨特的人，伸出筷子，挾走你這塊臭豆腐！並且嘖嘖咋舌，讚之為人間美味。

味道，正是味道。雅一點的說法是氣質，當你和妳學富五車、溫柔體貼、幽默風趣、勤儉賢慧等等才華和特色，對方看得明明白白，一定會忘記你原來長得五官交代不清。

關於氣質的培養，又是另一門大學問。勤讀詩書者，自然氣韻華美，努力工作的人，素樸穩重，執著各類型態藝術創作者，當然呈現獨特的致命吸引力，這些有氣質的人物，誰還在意他臉上有幾顆青春痘？

再說，帥哥美女所仗持的皮相，最怕時間打磨，美人遲暮，英雄白頭，通常晚景會比庸男俗女來得悲慘，至少心態上的調整，必須耗費更多力氣。

所以，不怕愛情不開門！你是帥哥美女，恭喜！得天獨厚的你只要用點心，萬事ＯＫ。你不是也無所謂，第三課讀熟習透，味道出來了，你的王子或公主，自然會聞香下馬，朝你一步步走來。

當愛情溫馴如寵物般，依偎在你身邊，你大門一關，將愛情關入了婚姻的臥房裡，這時候可也別大意，愛情也有幾分貓屬特質，溫馴和野性，偷不偷腥，端看你如何掌握它，訓練它。不過，這是另外一個話題，不屬本篇範疇。

如有機緣，容後補述。

娘子兵法

睡美人為什麼睡著了？而且一睡就是一百年，你知道嗎？

自小愛看童話故事的你當然知道。這一段剛好沒看？那也沒關係，我大略說說，你就全盤瞭解了。

從前，在一個很遙遠的地方，有一片黑森林，森林裡面有一座漂亮的城堡。這一天，城堡裡非常熱鬧，國王正摸著鬍鬚微笑。他的小女兒出世剛剛滿月，城堡此後將會有一個新女王，國王高興的發出請帖，邀請了城堡和森林中最重要的客人，來為小女兒慶賀。不過他卻忘了邀請住在黑森林最深處的老巫婆！

當國王和賓客興高采烈的喝酒跳舞時，老巫婆騎著掃帚，怒氣沖沖的來到城堡，在國王皇后和所有賓客面前下了詛咒，她要這個被所有人祝福的小公主，一生不能碰觸紡紗車，只要碰觸紡紗車，就會被紡錘刺傷手指而——死！

童話故事裡也有視人命如草芥的情節，老巫婆算是典型代表人物！還好，賓客中有小仙女出來破解詛咒，萬一小公主碰觸紡紗車，只會沉睡，直到一個英俊的王子，用一個甜蜜的吻，把她喚醒。

小仙女大概沒有料到，睡美人這一睡足足百年之久！幸好是童話，也幸好還有騎白馬的王子出現，故事的結局才能圓滿而快樂的哄小孩子入睡。

這一篇娘子兵法要說的是：廿一世紀了，在愛情的城堡裡，還有許許多多的睡美人，依然固守著「男追女」的咒語，期待白馬王子主動前來吻她，把她抱入懷裡。

妳是睡美人嗎？快醒醒吧！這是什麼世代了？望穿秋水、千帆過盡的深閨怨等等，都不合潮流了，現代的靚女酷妹們，早不來這套了。

女性意識抬頭，激進派的女性甚至已經燒掉胸罩，大聲喊出「只要性高潮，不要性騷擾」的口號，明明白白的向父權封建思想表態，誓死爭取女性身體意志的自主權。女性，不再是第二性，不再依附男人撒嬌獻媚以求生存，卻在背轉身子的時候淚水凋零！某些傑出女性闖出女強人的頭銜，其行事作風，確實強勝鬚眉，愧煞男兒！

職場如此，情場當然也不例外。有句話說，情場如戰場！這只是比喻，情愛追逐，真要弄得煙硝瀰漫，殺聲震天，未免太煞風景！情場之戰，其實專指運籌帷幄，不戰而屈人之兵的最高境界，屬藝術層次。情場決定勝負時，當然要向最高境界看齊。若想成為情場常勝軍，愛情兵法，不能不知，不能不學。

尤其是女性，首先要明白的是追尋真愛，從這個世紀起，不再是男人的特權。青春有限，童話的睡美人可以等一百年，妳不行！所以，如何主動出擊，情場專用的這篇娘子兵法不妨研讀並實踐之。

看到這裡，妳的心理建設成功了嗎？OK，相信女追男不是反傳統，而是順應潮流就行，不過，由於男女有別，主動的方法也略有差異，娘子兵法第一招即是：以柔克剛。

以寡擊眾，以弱勝強，在戰場上善用兵者，的確可以創造這類奇蹟，也不過是找出敵人弱點，適時出擊罷了！以柔克剛的道理相同，所謂滴水穿石，女性必須善用溫柔之水的長處，直接攻擊男人鐵石心腸的短處！實際行動譬如經過他公司，送點吃的進去，他加班，打個電話關心兼查勤，天氣變冷，妳假裝正在百貨公司，問他買一件夾克好不好？同事或朋友階段時，口氣要自然，聲音要柔軟，如果妳天生麗質，是個超級美女，很好，英雄難過美人關，再加上溫柔，焉有失手的道理。不是美人，也不礙事，所謂溫柔鄉是英雄塚，妳似水柔情的胸膛，一樣是英雄漢子情願葬身之地。

娘子兵法第一招適用於同事朋友之間，第二招則使用在素未謀面的情況下，如何達成認識心儀對象的目的，名為：天羅地網。

看過蜘蛛如何捕獲獵物吧？牠勤奮，努力不懈的吐絲織網，然後靜候獵物上網！世代改變沒錯，太明白倒追，還是會嚇著許多羞怯守禮的好男人。像蜘蛛一樣，不具攻擊性，但積極布下天羅地網，不失為好方法。妳文靜有才氣，不妨參加社團活動，男女在野外升起營火時，距離會拉近些，刻意出現在妳鍾意的男人身邊，製造機會給他。妳活潑亮麗，本身就是一塊磁鐵，吸引來一大票男生圍繞，偏偏妳鍾意的男人是塊木頭，簡單！像哥們一樣靠近他，保證讓他心頭小鹿亂撞，對妳留下深刻印象。妳文筆絕佳，一定要精挑細選一些筆友，在書信往來之間，挑起他們渴望見面的衝動。至於萍水相逢，如公車上、火車廂裡、ＰＵＢ等等，傳送秋波或以借筆借報紙之名，行製造交談機會之實，都是可行的方法。不過警覺性要強，有些男人只是外表像情郎，可身體裡頭流著狼人的血液！布網設阱，千萬記得給自己留下一個退路。

第三招屬高級技術，名為：請君入甕。

對女性而言，進入婚姻代表愛的承諾和保障，對男性來說，可能認為這只是女人所發明的一條鎖鍊或一座牢籠！所以有愈來愈多的男人想延長戀愛的感覺，他們從不擔心女人的青春易逝，但身為女人的妳，怕！對不對？所以呢？何必將婚姻的主控權，交到不負責任的男人手上？

請君入甕的誘婚、逼婚的方法。首先，妳必須在花前月下甜甜蜜蜜的曉以大義，先成家後立業，乃男子漢必經之路等等，然後表現出來妳不但是好情人，也是好妻子！偶爾煮幾道拿手菜，讓他恨死公司附近的速食餐館，所謂抓住男人心，要先抓住他的胃！此話放諸四海皆準。萬一這招效果不彰，還有下一招刺激性較強的方法。捏造一個新的追求者，讓他產生危機感，梨花帶雨的告訴他，老爸老媽一直逼著妳嫁給有錢有勢的馬文才！如果這個臭小子眼看著妳就要投入別人懷裡，仍然無動於衷，其餘的招式就別用了，趕快分手最要緊。

虛虛實實，反覆測試，若叫心如金鈿堅，不怕火來煉！娘子兵法運用得宜，知所進退，沙裡挑金絕對有可能，謹在此預祝所有深情用心的女子，如意郎君手到擒來。

千里姻緣一線牽

從前，唐朝有個書生名叫韋固，有一次他到宋城旅行，住在南店裡，那天晚上，他外出散步，看見一個老人在月下翻書，手裡還拿了一束紅線。

月色昏暗，四野蒼茫，這月下老人看來老態龍鍾，老眼昏花，怎看得清楚書中密密麻麻的文字？怎數得明白手上那一束細細的紅線？韋固大為奇怪，趨前詢問。

你看了題目，又看了破題的第一段，不用問你也知道這個老人就是「月下老人」！專管世間男女姻緣情事，他手中的紅線，繫在男女足踝，這一對男女不管相隔千里萬里，終究會結為夫婦，所謂姻緣天定，躲都沒得躲。

你是廿一世紀X或Y世代男女，我這個古董故事，你信是不信？

月下老人出自古書《續幽怪錄》，書中還有下文：韋固跟老人結為朋友，又一天，他倆一起走入米市，見一瞎眼老婦抱著一個三歲小女孩走過。老人對韋固說：「這盲婦抱著的女孩，日後將與你結成夫婦！」

韋固聽後大怒！以為老人有意開他玩笑，就磨了一把尖刀，叫家奴把那小女孩殺掉，那家奴拿了尖刀，當眾刺了小女孩一刀，便即刻逃走。

事隔十四年，相州刺史王泰把女兒許配給韋固，這女子容貌十分美麗，只是眉間有一傷疤，以金鈿流蘇遮住！韋固奇而問之，才知道這女子正是十四年前米市被刺，倖而未死的小女孩！兩人皆驚異不止，才知天意如此，從此夫婦加倍恩愛。

寫到這裡，別說你不相信，連我都覺得荒謬無比！韋固這傢伙，分明是個草菅人命、心腸狠毒的兇手！月下老人這條紅線，居然還把兇手和被害者綁在一起！台灣有幾座月下老人祠，拆了也罷，神仙糊塗到這種程度，哪該受人間煙火祀拜？

所以，我這篇千里姻緣一線牽的這條線，肯定不寫月下老人手中紅線！我寫熱線，也就是牽繫兩地相思，讓情人們即使相隔千里，也能天天枕邊細語的現代科技產物——電話！

我覺得與其蓋月老祠，還不如蓋一間「貝爾廟」算了！貝爾發明了電話，對世間有情男女，當真是功德無量。

別小看這條電話線！月老紅線之說，究竟屬於幽怪神話類，不足採信！電話線則能夠清楚而快速的表達和拉近倆人之間的情意，善用此線以求情場勝利，保證比痴等月老紅線來繫足，管用多了。

電話堪稱為情人間的鵲橋，分隔遙遠若銀河，也可藉著電話兩頭互訴相思苦！想想牛郎織女吧，一年一度鵲橋會，那經年累月的相思化作七夕雨，令天下有情人也為之淚下！有了電話，現代織女牛郎可以天天鵲橋會，說什麼柔情似水，佳期如夢，迢迢雲漢暗渡，一通電話，昨晚你夢見她，她夢見你，都可以說清楚講明白，相思成了一種甜蜜的享受，分離，再不用淒淒楚楚的唱那陽關三疊。

情人間的熱線，有助燃效果，七八分的戀情，可以打得十分火熱。約會聊天，就算是燈光幽暗的咖啡屋，情調高雅的西餐廳，眉眼相對，終究有一些話不好出口！電話就沒這個困擾，少了一雙眼睛瞪著，你的甜言蜜語更流利，如果還能增加點情話內容或內涵，甚至可以先擬好稿子，把小抄公然拿在手上，用最柔軟的聲音唸。

說得好，兩塊錢電話費，可抵情人大餐的兩千塊錢。

舉個例子。你才送她回家，十分鐘後路邊停車，撥個電話給她。

「喂！茱麗葉，我是羅密歐，我還在路邊！真的，我迷路了。」

「怎麼會？你開玩笑吧？」女孩子當然不信。

「沒開玩笑。我繞了一圈又繞到妳家門口！妳的香氣、妳的呼吸還在我車裡，我總覺得妳還在我身邊。我們乾脆去夜遊好不好？」

不管好不好，這一通電話已經延續了約會的甜蜜滋味，女孩一定整夜回味你痴情模樣，你在她心目中的愛情指數，當然一路長紅。

電話中的甜言蜜語，運用之道存乎一心，把持住不流俗、不低級的原則，放膽傾吐沒關係！電話線沒那麼容易燒斷，言語的蜜甜也不會讓人發胖。

其實，電話訴情衷，更適合女人。女人的聲音好聽，低柔婉媚的情話直接壓著男方的耳朵灌，頗具催眠效果，男人聽多了，不知不覺會成為永不貳心的裙下之臣。就算只是普通朋友，若落花有意，電話也具催情作用，不過，這中間需要有一點小技巧。

找問題問他，這是個辦法，但別找深奧得連大學教授都答不出來的問題，也不能太簡單把他當白痴。當他給了妳答案，別吝惜讚美，把他捧成絕頂人物都行，男人最吃這一套。

下回妳再問他，保證他就是妳的百科全書。

公事熱線一接通，私情從此有了管道表露，噓寒問暖當成家庭作業，偶爾挑一件衣服、燉兩碗雞湯，或者先買好音樂演奏會入場券，告訴他女伴剛好沒空陪妳去……電話促成辦公室外的相聚，所謂見面三分情，N次相見聚會之後，三分、六分、九分，事就成了。

現代人裝設電話，答錄機已屬必要裝備，有些人不習慣自言自語，一聽到答錄機的聲音馬上掛電話！但有情男女必須學習適應。千言萬語凝練壓縮成一首小詩，唸給伊人聽。或哀怨或深情或悲喜交集皆可！萬一真的沒靈感，想不出什麼好聽的話，那麼錄一首好聽的歌吧！〈期待再相會〉、〈牽阮的手〉、〈等嘸人〉這些一聽就知你弦外之音的歌曲，對方再聽得幾遍，當然能夠〈明明白白你的心〉。

要注意的是答錄機留言，有可能被另一雙耳朵先聽為快！譬如父母兄姊等對你們戀情具影響力的權威人士。因而留言務必大方優雅，兼顧群眾反應！如果答錄機是伊人專用，那就無此顧慮。趕快去多讀點情詩吧！

千里姻緣一線牽，記住，愛情就在電話線的那一頭，正等著你拿起電話，將它呼喚過來。

獵艷研究所

從詩經的「關關雎鳩，在河之洲，窕窈淑女，君子好逑」開始，那一隻求偶斑鳩「關關」的啼喚聲，一直提醒中國士子追求愛情的態度：男人必須主動。

下一首，「溯洄游之，道阻且長，有位佳人，在水一方」就更明顯的指出，就算赴湯蹈火，路遠道長，追逐愛情的毅力也要有，否則，那位佳人，永遠遙不可及！

我舉個例子，見證大男生追求小女生的優良傳統，原來自古有之！三笑姻緣中唐伯虎點秋香，這故事你熟嗎？

印象不深？沒關係！去租錄影帶看幾遍，或者去書局買明代話本小說細讀一番，就能夠瞭解唐伯虎這個書畫雙絕的才子，如何為了「秋香」這個美人的笑容而神魂顛倒，如何為了求得愛情，寧可自貶身價，賣入華家為奴，終於博得秋香三笑而締結良緣，桃花塢溫柔鄉中從此逍遙快活。

若單論獵艷技巧與謀略，唐伯虎的程度，大概是博士班畢業。

至於唐伯虎的博士畢業證書合不合格？三笑姻緣這篇博士論文有沒有作弊？你先別忙著跟我抬槓。稗官野史，街談巷聞，當然查無實據！正史上確定有唐伯虎這個才子，關於秋香這美人就沒人敢說一定有！不過，連吳承恩《西遊記》裡的主角，齊天大聖孫悟空，都有人為他起大廟接受香火供奉，真真假假，咱就不用太認真，衝著三笑姻緣的浪漫，寧可信其有，何妨？

其實，我只是要你相信，追求愛情需要技巧，如果連賣身為奴這等糗事，都可以為美人而犧牲，這美人哪有不被感動的道理？

當你相信這層道理，就有資格進入獵艷研究所，潛心研究獵艷招式。出招之前先提氣運動，在獵艷絕招上所提的氣，則是勇氣。通常只有師出無名者，才會畏怯靦腆，你已經相信追求兩字可以入詩入文，博美人青睞的行動，才子唐伯虎做過而名留千古，勇氣因此信念而生，雖千萬人亦往矣。

另外一句比較現代，比較清楚的名言，也可以提升勇氣，等待會錯失良機，主動可以改變命運。

出招的時間地點不拘，人來人往的電影院門口，音樂聲震耳的舞廳，甚至山間涼亭，水畔樓台，都可以開始你的愛情。

首先，你發現了一襲倩影，翩然映入你的眼簾，那曼妙的身材，含愁帶怨的唇，瀲灩眼波彷彿帶著淚光，讓你看得心好疼！對了！就是這個光！你會心疼就是因為這道愛情的光，箭一般直接命中你的心臟！你不能呆呆的坐在那裡，看著這名女子走出你的生命，消失在茫茫人海中，然後才怪丘比特這小孩亂玩弓箭！萬一，她以後獨自飄零或遇人不淑，皆因你沒有及時拯救，罪孽不輕！

走過去，靠近她，就是這樣。有哪一對情侶不是從陌生開始？就算指腹為婚，第一句話沒出口之前，你們還是陌生人！「放膽開口」四個字是敲門磚，專敲「萍水相逢」的大門。

第一句說什麼好呢？「嗨！妳好！」你看！就這麼簡單。

當然，你一定先看清楚了這個美麗女郎只是單獨一人，不是一副等情人的模樣，而且指頭上沒有套著訂婚戒指，至少有五分鐘時間聽你說話。第二句話稍有難度，不過也只算獵艷基礎口訣而已。

大智若愚，大巧若拙，你想認識她，就坦白說：「我知道這樣很冒昧，可是，如果我沒有鼓足勇氣來認識妳，我一定會很遺憾！」或者乾脆自我介紹：「我是某某學校高材生，品學兼優，無不良嗜好，誠心誠意想跟妳做朋友。」

你如果容易臉紅，非常好！萬一臉皮實在厚，紅暈浮不上來，至少要搓搓手，搔搔頭皮，裝出一些些木訥真誠。別擔心會遭白眼，通常女孩看見你這麼拘謹內向，竟然還敢結結巴巴的開口，第一個感覺是自己魅力無法擋！你只要繼續加強她們自我陶醉的程度即可。

獵艷高級招式，則含蓄許多。意在言外，含沙射影，必須讚美了對方的優點，而且突顯出自己的品味。我試著舉例說明如下。

只看一眼，你就為一個俏妞深深傾倒，這俏妞脖子上一條水紅絲巾隨風飄動。你可以走過去，眼睛平視絲巾，即使她那低胸T恤更迷人，你一定得拚命吊住眼光不注下墜，然後又羞赧又真心的說：「小姐，抱歉打擾，請問妳這絲巾哪裡有得買？」不等對方回答，要馬上接著說：「我從來不知道絲巾可以讓美麗的女郎更具魅力，我想買一條送給妹妹，她最愛漂亮了。」

一兩句話，表現出自己眼光銳利品味獨特，兼又呈現感人肺腑的大哥風範，又結結實實的讚美了對方的美麗。基本上，女人這方面的虛榮傾向或多或少，男人的欣賞和讚美則永遠嫌不夠！

依場合不同，高級獵艷方法也需變化，道途相逢，借問路之名，行搭訕之實，PUB或咖啡屋，桌上的紙條正可傳遞傾慕之意，字要端正，詞意要雅，詩詞典故，人文科技能懂能通更佳。

總而言之，驚艷的感覺，可能在你的一生中只出現這麼一次兩次，你的夢中情人也總在你稍一遲疑的一刹那，即錯身而過！用盡一切辦法，創造無限可能，讓自己成為一個比「邱比特」更出色的獵人，勾弦彎弓，瞄準驚艷的目標，正心誠意射出一支愛的神箭。（或愛神的箭！邱比特剛好正幫你忙。）

獵艷招式研究練習既久，這一箭射出，想來雖不中亦不遠矣！

女性葵花寶典

「葵花寶典」一詞，出自金庸武俠小說《笑傲江湖》，武俠這種通俗文學，可以說是升斗小民理想世界的反映。妳試著想想，所謂江湖，雖是刀光劍影，但三尺青鋒在手，立可鏟除世間不平，豈不快哉？尚武崇俠，恩怨情仇糾纏的武林，正義之師總能獲得最後勝利。

現實世界中，善惡是非，焉能如此壁壘分明，快刀亂麻？詭譎人間，更常有道高一尺，魔高一丈的現象！因而一卷武俠小說在手，即可相忘於江湖的武俠迷，多不勝數！我也是！想當年青髮年少，只為迷上武俠小說，也不知吃了多少「竹枝炒肉絲」！至今略一回想，還覺得屁股上有些辣辣生疼。

如此辛苦，也要踏入江湖，因而從較早的王度盧、還珠樓主到後來的金庸、古龍等武俠宗師，都有了一定程度的瞭解。當然，論起掌門人，我一樣推崇金庸！氣勢之磅礡，布局之深遠，文字造句運用之純熟，允稱一流中的一流！難怪只要推出金庸武俠的港劇或電影，收視率一定不低。

妳不看武俠小說？那看不看港劇呢？至少看電影，看連續劇吧？練成葵花寶典，以一支繡花針擊敗好幾個特級高手的東方不敗，還要我介紹嗎？當然不用！葵花寶典的武功，被形容為如鬼似魅，飄忽莫測，唯一缺點是不適合男人習練，大概練了之後女性荷爾蒙會大量增加，把一個堂堂男子漢，練成陰陽怪氣，不男不女的模樣。

金庸沒說女人練了葵花寶典會怎麼樣？但依常理推斷，女人練了不但沒有副作用，甚至武功之高，更勝過東方不敗不只一籌！

我這篇葵花寶典，其實和武功沒多大關係，這一系列我只寫愛情，女性葵花寶典，正確的說法是「女人愛情不敗祕笈」！只要讀熟習透這祕笈，情愛江湖上妳就是東方不敗！英雄豪傑，將在妳裙下俯首稱臣。

翻開愛情不敗祕笈，首頁只兩個字——智慧。

以往封建社會下，男性父權思想根深柢固，因而為女人創造出三從四德的戒律，豎起貞節牌坊來關緊女人的青春與情欲，更惡質的是裹小腳的風俗，三寸金蓮讓女人跑不快，跳不遠，從此逃不出男人的手掌心！這種直接殘害女性身體，以利於控制的方法，最沒人性！甚至還有「女子無才便是德」的說詞，別說科舉功名沒有女人的份，祝英台想上學堂讀書習字，都得女扮男裝！那時候，女人是玩物、寵物和傳宗接代的工具，是不能有獨立思考的第二性。

我當然知道！時代不同了，為女人大聲叫屈喊冤，只是我俠骨柔腸的個性使然！也因為時代改變，女人除了依舊美麗之外，能讓美麗女人閃閃發亮的「智慧」，才有機會出現。

以現代愛情而言，智慧比美麗更重要，已是不爭的事實。美麗的女人或許容易獲得愛情，但一個有智慧的女人，卻能真正懂得如何保存愛情。

相愛容易相處難，這句話很多美麗的女人大概深有同感！想當初青春正艷，追求者車載斗量，砂裡淘金的挑了一個老公，這個老公竟然捱不到七年，就有了外遇！更嘔的是那個外遇的女人，身材容貌和自己比都不用比！嫁錯男人是自己瞎了眼，而男人捨美人而就醜女，瞎得更是厲害！

不用埋怨，更別氣憤！外表的美麗，會因為慣性而慢慢失去吸引力，時間更會讓美麗的神采，逐漸黯淡無光！智慧卻是夜明珠，是和氏璧，相處日久，性格脾性互相磨礪，柔潤的珠玉光輝，會讓男人愛不釋手！

建立了智慧比美麗重要的觀念之福，妳可以繼續翻閱祕笈。如何應用女人的智慧，讓愛情永不褪色，從第二頁起，有詳細的招式口訣解說。

第二頁右上角寫著一個大字——酸！第三頁寫甜，接下來是苦、辣！別驚訝，妳不是錯翻了食譜大全！而是我這寫祕笈的，認為一個有智慧的女人，端出來的愛情一定是特別加了料，絕不叫她的男人索然無味或倒盡胃口！

酸，女人的酸是愛情的醋味，淡淡的嫉妒，突顯出愛與重視，妳從不吃醋？那豈不是擺明了妳不在乎他？虛榮的男人會把女人的醋意，自動釋成寵愛而沾沾自喜。

甜，要有巧克力的滑膩，牛奶蜂蜜的柔美，口香糖的耐人尋味！女人的甜意出自嬌痴妖媚！溫柔耍賴，微笑不依，甚至把自己和男人都當成傻瓜，說一些不成文法的情話囈語，男人即使快被妳膩死了，還是會愛死妳！別忘了，一隻發飆的熊，只要一小杯蜂蜜，就能制伏。

苦，黃蓮最苦，女人的眼淚在黃蓮的苦裡還加點澀！所謂苦口良藥，善用苦字訣，可以治療愛情的疑難雜症。一支梨花春帶雨，獨倚小樓風細細，眉頭深鎖是怨個郎無情，珠淚雙垂乃是不捨情郎遠去！有哪個男人受得了一個心碎的女人那美美的幽怨？不過，苦字訣具療效，屬愛情藥物類，最忌投藥過量！過量則有害無益。

辣，最多是黑胡椒，朝天椒萬萬不可！女人的潑辣，必須在杏眼圓睜中讓男人欣賞妳明眸皓齒的另類風情！偶爾認真的吵一次架，不只可以紓解情緒，也能增進瞭解，罵他千刀萬剮還是很愛他，這才是有建設性的架。妳「沒脾氣」，男人會得意忘形的認為「沒關係」！吵到讓他知道妳的底線，男人才會懂得自我規範，不敢越界！愛情牛肉加上黑胡椒，夠勁又不傷胃，有智慧的女人，宜適時熱騰騰的端上這盤鐵板燒。

女性葵花寶典四字訣，融會貫通，交相運用，保證讓英雄屈膝，好漢低頭。想當情場東方不敗的女人，不妨捲起袖口，開始練習。

男人的乾坤大挪移

金庸的武俠小說，風靡港台兩岸和海內外華人世界，獲得「大師」的美譽，影響深遠，名利雙收。香港甚至有所謂「金學」的研究團體，參與者的熱烈程度，比諸紅樓夢這部不朽名著的「紅學研究」，當真是不可同日而語。

被歸類於通俗化文學的武俠小說，擠入學術研究之門，並廣獲讀者喜愛，這可能令一生清苦，為純文學貢獻心力的許多「大師」為之憤恨不平或心灰意冷。

我沒這種情緒！提筆創作的時候，我會主動朝純文學方向前進，自己甘願的嘛！但不會把自己吊在不朽的層次上嘔心瀝血！我也沒這本事。當然，嘩眾媚俗的文章我也不屑寫！求名不成求利不能，兩袖清風捧著武俠小說，亦人生一大快事爾。

看武俠小說不迷金庸者，很另類！我還算正常。我尤其欣賞金庸所創造的武功名稱，例如「黯然銷魂掌」，把楊過對小龍女的相思情苦，化為絕頂武功，甚且擊敗勸世人斷情滅愛的禪學佛門神通，金輪法王練至第九層的「龍象般若神功」。情與禪的決鬥，是情勝禪敗！故爾愛痴情迷的凡夫俗子多，堪破情關佛骨慧心者少。

類似另有旨趣，暗合巧思的武功招式極多，你叫我說，三天三夜說不完！這一篇所題乾坤大挪移，是張無忌的絕學，曾在魔教光明頂上，大敗各大門派菁英，真箇是威風凜凜，我見獵心喜，不免拿來長自己威風。其實本篇談的是男人的「愛情絕技」，男人如何施展絕佳技巧，讓愛情服服貼貼留在身邊，正是我要申論的主題。

關於愛情，男人通常衝刺力十足，持久力則明顯遜色！追求階段，風刀雨箭中吟詩唱曲，既是詩人也是勇士。處心積慮和軟硬兼施的拐來一位絕世佳人，就認為大事底定，鬆懈了心情，露出了好吃懶做，邋遢愚昧的豬八戒本相！當這個佳人大嘆「撿到賣龍眼的」或是自覺一朵鮮花插在牛糞上，情場生變，琵琶別抱的悲劇上演，將指日可待。

世間多少紅顏薄命，皆因上了花轎就感覺「婚姻是愛情的墳墓」，問題出在男人！不能叫女人對你傾心相愛，生生世世想和你做鴛鴦的男人，算什麼男子漢？

因而愛情絕技，不能不學！

看似簡單，其實深奧的三招絕技。

第一招名為：烈火寒冰。

烈火是指永不熄滅的熱情。當初把她當女王般看，追求到手，你看她的眼光，還是跟看女王一樣，伺候呵護從不打折！上下車開車門，上街血拼你大袋小袋要提好跟好，她悲傷或生氣，你要及時挺起胸膛，供她依偎或搥打。舊世代的女人要遵守三從四德，現代男子漢要服膺新三從四德。她下令，你服從，她叮嚀交代的話，要聽從，不管她想去摘星攀月，你一定跟從！四德！就是她花錢你捨得，她罵人你忍得，為她打拚工作，表現甚要了得，移情別戀的事，千萬使不得。

熱情燃燒自己，只准溫暖她一個人！對別個女人則鐵定要冷若寒冰，不假辭色！別人眼中的「酷郎」，成為她百依百順的「蜜糖」，會讓女人驕傲的發誓愛你一萬年。

絕技第二招：剛柔並濟。

顛覆傳統，收起來封建世代的大男人主義吧！現在已經是可以撒嬌耍賴的小男人時代了。男人怎麼撒嬌？不難，就像閨房之內幫美人畫眉一樣，一支眉筆有多重？只要把總經理、董事長、教授大師等閨房之外的框框架架卸下來即可。然後專心的朝你的美女要奶喝：「妳泡的牛奶又香又濃，我還要喝一杯，再喝一杯我才要上班！」

小孩子般耍賴，保證激起她的母愛天性，對你又愛又憐。同樣的道理，男人也可以吃醋，偶爾掀一下醋罈子，帶點酸味說：「那個誰誰誰怎麼又打電話給妳？妳有沒有跟他說妳只愛我一個？」

適度的撒嬌，讓她知道你多麼需要她，微微的醋意，表示你害怕失去她，柔軟的男人，最容易叫女人疼入心頭！不過，千萬記得你只對她柔軟，在外頭，你必須是張無忌，即使武林群雄圍攻，仍舊不怯不懼。如此鐵漢柔情誓死護花，女人不愛你，也難。

第三招：移花接木。

這一招是愛情絕技最高境界！暗合乾坤大挪移，避實就虛，移形換影的要訣。有一句話說女人心像海底針，表示女人的心思難以捉摸，情緒更是隨心思波動而有如羚羊掛角，無跡可循！叫男人吃足苦頭。但只要學會移花接木的心法之後，自然懂得移轉注意力以避其鋒銳。

女人屬情緒動物，比較容易失控！當你覺得她無理取鬧時，你必須充耳不聞讓她全部發洩！別頂嘴，也別嘗試拿大道理說服她，女人的哲學是——她永遠是對的！如果她有錯，也是你或別人害她錯的！更不可唇槍劍舌與她爭辯！她贏了，你沒面子，她輸了，一定翻臉，你可能連晚餐都沒得吃！當她指著白馬說黑馬，你最好趕快戴上墨鏡，真誠的誇她說得對極了。

當應聲蟲和顧左右以言他，只算學了半式！你必須瞭解，女人沒有安全感與生俱來，她會撒嬌發飆，其實只是嫌你愛她不夠多！下半式使用因而比較繁複。枕邊細語聲聲我愛妳！情人節，結婚紀念日，她的生日等禮物不能忘，甜言蜜語，最好一日說三回，眼睛放亮點，隨時注意她髮型的改變，衣服鞋子的樣式不同，嘴唇指甲顏色的深淺濃淡，並且在發現之後立即敲鑼打鼓，熱烈讚美歌頌。

愛情絕招三招，男人必須反覆使用，招中有招，式裡套式，形成一張綿密情網，相信我，你的絕世佳人會把這張網當成永遠的眠床，溫柔繾綣，不捨離去。

櫻桃小嘴大鋼牙

○○七詹姆士龐德的電影，連拍二十集，一直保有一定的票房。賣座的原因很多，身材魔鬼臉蛋天使的龐德女郎是一個賣點，奇技異能的各路英雄梟雄也是，加上劇情、聲光、特效等每每砸下高成本，當然有看頭。

相較之下，○○七這個角色反而不甚突出！反正他什麼都懂，不懂也有人幫他，反正他不會死，一定會完成任務！而且從頭到尾都有美女投懷送抱，為他犧牲性命在所不惜！幸運得離了譜的傢伙，只讓人嫉妒。

有一個在海底城和太空城兩片中的反派角色：大鋼牙。形象塑造得相當成功，那一付憨憨的、邪邪的笑容出現，就知道他又要狠狠修理○○七了！他那一口閃閃發亮的大鋼牙，可以咬斷鐵鍊、阻擋子彈，被丟到鯊魚池裡，連以利齒稱霸的大鯊魚，也被他咬死！

誇張之處，確實令人印象深刻。

我從不寫影評，只拿來藉題發揮罷了。因為電影裡的大鋼牙，在現實社會裡是存在的！大鋼牙另外有比較俗而有力的的形容詞，叫「鐵口硬牙」，或叫「死鴨子硬嘴巴」！

男人被叫大鋼牙，一定沒人緣！反而不如電影裡的大鋼牙，窮凶極惡卻又叫人喜愛。不服輸，愛抬摃，談話老是搶著占上風，把人「咬」得體無完膚！這種男人，朋友避之唯恐不及，異性朋友更別說了，誰受得了臭屁一籮筐的傢伙？而這傢伙竟然是自己的男朋友！

不過，大鋼牙永遠不會承認自己在情場上的失敗記錄，所謂敗軍之將，不可言勇，他不同！口沫橫飛的他勇氣十足的搬出羅曼史，每一次羅曼史的結束，都是女人沒長眼睛！是女人錯！

不承認錯誤的人，永遠沒有機會彌補自己的缺點！我懶得浪費唇舌筆墨勸大鋼牙男人，在情場上如何反敗為勝。不過，他的婚姻出了問題，我還是會苦口婆心的勸他幾句。勸他注意家庭和諧的重要性，以及不叫兒女受到負面影響之類的話，我衝著的，可是那些被媒婆陷害的女人的面子。

唉！女人！聽信媒妁之言嫁給大鋼牙，已是一種錯誤，有了兒女，錯誤更是成了定局！還好，乖巧貼心的兒女，讓妳可以忘記那一口鋼牙的猙獰惡質！睡同眠床？算了！反正他睡著了就不講話，燈，也是關著的。

妳沒嫁給這種老公吧？恭喜妳。

也許妳會嘟著櫻桃小嘴，朝我啐一口：「見鬼！誰嫁這種老公？我有那麼沒品味嗎？」

很好，妳知道男人一口大鋼牙討人嫌，但女人櫻桃小嘴一張開，也有可能是兩排鋼牙鐵齒，妳知道嗎？尤其是結過婚，緊咬長期飯票的女人！

女人在婚前和婚後，差這麼多嗎？

有句話說：「少女情懷總是詩。」未嫁少女無論體態心思，總是惹人憐愛，一首小詩我極為喜愛，先寫來與妳共享：

宿昔不梳頭，
絲髮披兩肩。

婉伸郎膝上，
何處不可憐。

解下環珮金簪，任由長髮如瀑垂落雙肩，嬌痴婉媚的膩在情郎膝上，情景之旖旎，怎不叫天下臭男人為之心動？戀愛中的女人，的確會呈現這種柔美的一面！一結了婚，情況即隨之大逆轉！頂著捲髮器，塗上保養面膜，那種綠幽幽的深海泥藻之類，這情郎膝頭，那伏得下去？再說，剛從廚房油煙迷霧裡脫身出來，誰有心情？色香味俱全的晚餐擺上桌，沒聽到一聲讚美，簡直把自己老婆當菲傭看！那像婚前，只一道蛋炒飯，男人就說什麼天下無雙超級好吃！現在呢？

婚姻是愛情的墳墓，這句話如果屬實，拿鏟子挖土的一定是男人！妳是不是剛好這麼想？

如果是！那麼妳可以試著去照照鏡子，張開妳的櫻桃小嘴，妳會發現，妳原本的編貝皓齒，已經慢慢換成一口大鋼牙了。

婚姻可以叫愛情的火焰熄滅！這一點我絕對承認。不過，消防隊員不只是男性，有時候女人也是滅火高手！新婚蜜月期，狂熱飛騰的情火連著三個月，過後就是婚姻磨合期。這時候的情火必須趨於和緩，火苗不斷，餘溫猶存，比較能過磨合出持久平和的夫妻關係。

男人偏偏健忘！忘了他婚前曾經幽默風趣，曾經心胸寬闊如海過！但女人呢？當妳察覺打從心底到形諸於外，「黃臉婆」的感慨一直纏繞不去，且常常處於怨懣無奈的情境中難以自拔！妳有沒有先反省？當妳跨入婚姻門檻時，那些屬於愛情的女性特質，有沒有遺落在門外？

我覺得，是！

妳相不相信這句話呢？「十年修得同船渡，百年修得共枕眠。」所謂前世今生，因果輪迴，雖無確鑿證據斷定有無，但茫茫人海中，一雙男女因愛而結為夫妻，這種福份和機緣，理應值得珍惜。

男人應該感激他的女人，因為愛情，心甘情願走入柴米油鹽的世界，亂了髮絲，污了胭脂，應該因感激而多付出關心和疼惜。

女人則需要多點溫柔。男人為了營造一個能夠遮風避雨的環境給妳，或許已經承受極大的工作壓力！回到妳身邊，不免因放鬆而放肆起來，妳加一些包涵，減一些挑剔和抱怨，就夠了！男人很好哄。

櫻桃小嘴不長大鋼牙，婚姻之路，還是值得走上一走。

再掉一句書袋，所謂「公侯將相成功易，才子佳人遇合難！」惜福惜緣，互信互諒，妳和他就是一對現代才子佳人。

謹祝白首偕老、愛河永浴。

失戀普拿疼

歌德一生，唯情而已！他十四歲時愛上年長少女葛蕾卿，少年維特的煩惱就是他第一次戀愛和第一次失戀的心情反映！一直到七十四歲的大把年紀了，他仍然為一個叫烏麗克．芬的孀居女人神魂顛倒，大談其黃昏之戀，可惜仍是失戀收場！歌德愛得真誠無比，失戀的痛苦也是千真萬確！訴諸文字呈現，反而奠定了他文學上不朽的地位。

毛姆寫《人性枷鎖》，幾乎把一個被愛情傷害過一次次，卻猶然不肯悔悟的男人，寫得叫人咬牙切齒！恨不得一巴掌打醒那個「沒路用的查甫郎！」不過，愛情的確是人性最重最難擺脫的枷鎖，沉浸在愛情歡樂和痛苦中的男女，不可理喻，無可救藥！你就算拆了他的枷鎖，他還是會彎腰低頭走路。

紅樓夢裡，林黛玉嘔血焚詩稿，情根深種的情花，終因殉情而枯萎！晚明三言二拍的話本小說，北京名妓杜十娘，怒沉百寶，更在傷心欲絕的一剎那，盛妝赴水，化作波臣！只因為愛情幻滅，失戀了！

古、今、中、外，為情可生可死的例證，不勝枚舉，時至新世代，翻開報紙社會版，情關闖不過！遽爾輕生的案件仍一再重演！

為什麼總有這麼多人，為愛情前仆後繼的拋棄生命？難道他們不知道，因為有了生命，才有了七情六欲？這十三種感覺裡，愛，只不過占去一份！怎麼可以為了十三分之一而犧牲全部？

我從不勸人斷情滅愛，因為很難！捨人性而就神性佛性，我也不是很贊同！但我有慈悲心腸，看到還有一大段人生風景尚未領略的青年男女，為愛而提早放棄生命，心有戚戚焉！我願意誠心提供智慧和經驗的樹枝石頭，讓失戀漩渦中浮沉的男女能夠攀爬墊腳。

有一首英文老歌，我曾經非常愛唱，因為這首歌和弦曲調簡單好學，抱著吉他，我可以閉起眼睛，把自己唱得傷心欲絕：

為什麼太陽依舊閃耀？

為什麼海浪還是繼續拍打著海岸？

難道它們不知道，現在已經世界末日了嗎？

那時候，我是認真的以為這首〈世界末日〉，最適合失戀者唱！我失戀了嗎？現在想來並不確定，那個青澀蘋果般的小女生只不過三天沒來找我，我三天沒看到她那好看的笑容而已！從頭到尾，我們也沒說過我愛妳妳愛我之類的話，可是那三天我問了大概三百遍，幹嘛太陽還升上來？我的生命已經陷入永恆的黑暗了！幹嘛海浪還是那麼白，海水還是那麼藍，它們完全不懂我的眼底只剩下絕望的灰色嗎？

OK，就是這種感覺，失戀的人，灰色昏暗是唯一的色彩，食無味，寢難安，十三種感覺只剩下一種：悲傷，無所不在的心碎心疼。

世界末日到了，但只是你那小小情愛世界毀滅罷了。有幾個直接而有效的方法，可以幫助失戀者走出他破碎的小世界，然後在仍舊生機蓬勃的大世界裡重新尋回自己另個完整小世界。

沒把你說糊塗吧？

以下三種療法，又叫失戀普拿疼。簡單普遍的可以拿走失戀者錐心的疼痛。

第一種方法：遠離非洲。

如果非洲是你和情人邂逅相愛之地，那麼，遠離非洲乃正確的選擇，並且在還沒有忘記那個狠心薄倖的情人之前，發誓永不回去！剛剛失戀的人最容易觸景傷情，山水木石，亭台樓閣，只要曾經儷影成雙，撫觸過，徜徉過，一概列入遠離對象！最好換一個地方，譬如澳洲美洲，新奇的事物，熱鬧的都市風景，比較容易讓自己分心旁顧，情境改變，注意力轉移，情傷愛痛自然趨於緩和。

第二種方法：與狼共舞。

失戀的人最怕寂寞，空蕩蕩的心境需要拿點東西來填放，要不然情人的身影又會擠進來！繼續凌遲你那尚未痊癒的傷口。

與狼共舞，絕不是叫你馬上找個情人來替代！證據顯示，從愛情缺口闖進來的不是阿貓阿狗，就是代罪羔羊！女性失戀者最容易招惹的則是情狼！色狼之狼！

其實我指的是狼的野性！原來守禮君子和端莊淑女，可以趁著失戀時刻縱容自己野性發作！換個髮型吧，把長髮狠狠削薄剪短，甚至理個大光頭，想像自己是剪去三千煩惱絲的和尚尼姑，從此不惹情緣，不墜情海！甚至想像成剛越獄的囚犯也行——從愛情牢籠裡脫困出來。或者乾脆聲色犬馬大吃大喝，ＰＵＢ裡狂舞，連趕幾天午夜場電影，忘掉減肥計畫，遍嚐各地美食，不管路途多遙遠多偏僻！

讓野性發作，藉以抵制感性滋長的方法，宜適可而止，千萬別讓逸樂成癮，那就得不償失了。

第三種方法：貞子迷咒。

租一大堆恐怖電影回來，一部片吸引你全神貫注兩小時，這兩小時必須是你覺得最軟弱的時候。其實，情傷原有自動癒合的能力，最怕你一邊喊疼，一邊忍不住去碰觸傷口，很容易感染併發症！當你的心神持續讓恐懼占據，情傷就有時間痊癒，然後，把薄倖郎、無情女都想像為貞子一樣的妖魔鬼怪，他們的任何咒語，你聽都不聽！

看完恐怖電影，再照一照鏡子，很美？是不是？這麼美麗，這麼英俊，這麼一個活生生的自己，哪有理由因為一次失戀，把自己搞得生不如死？把自己弄得面色蒼白，亂髮飛揚的一副鬼樣子？

度過失戀關卡，傷痕累累的身心交給時間去處理。你會發現，陽光一樣燦爛，海水一樣湛藍，那些彷彿末日般的記憶，泥封入歲月的陶甕裡，將發酵沉澱為淡淡的哀愁，生命，因此而顯得豐富有味，不是嗎？

復合完全手冊

荒野炊煙，裊裊升起，晚雲紅霞，已經染遍西邊天際。王寶釧獨倚寒窰柴扉，望著蔓草雜花的小徑，心思追著連天芳草，直至盡頭。

她無心炊煮晚餐！摘拾來的野菜在灶房木架上，任其枯萎。枯萎的還有她的青春！食不知味，寢難安枕，容顏已漸削瘦蒼白，相府千金女，只為鎖麟囊而情定終身，卻落得十八載寒窰寂寞獨守——愛情，隨著夫君蹄印遠去，它，會不會回來？

楊過眼看著一顆紅日漸漸隱沒，悲憤長嘯，施展絕頂輕功，直奔山頂。回頭看見那一顆血般紅艷的太陽，還浮上地平線上，心中略為一寬，只要太陽還未落下，這一天就不算完。眼看著夕陽又逐漸沉落，他拔身而起，縱上更高的一座山峰，就這樣一路攀上絕嶺之顛，夕陽終究是沉入地平線了。

十六年痴苦等待，相約之日已然過盡！小龍女卻仍蹤跡不見。楊過一直等到晚霞那一抹殘紅完全消逝，才悠然一聲長嘆，縱身往崖下一跳。

前一個民間傳奇故事，王寶釧苦守寒窰十八載，等待一次復合的機會。沒錯，她們夫妻終於相見，可是那個殺千刀的男人，另外還娶了一個年輕美艷的代戰公主，而她十八年來撿柴火燒野菜，面黃肌瘦的像個歐巴桑！這樣的復合？算了吧！

後一則是武俠小說情節。相約之日，利用輕功登高望遠，只盼能留住一會兒無情時光，其情真意切處，令人動容！楊過和小龍女分離十六年，總算復合，叫看書人鬆了一口大氣。不過，武俠小說當不得真，在懸崖上這麼一跳，換作平常人，別說復合無望，連命都沒了。

舉這兩則故事，引出本篇復合完全手冊的主題，不管傳奇或虛構，我都不贊同代價太大的復合！十六年和十八年，生命里程碑上只刻下「愛情」兩字，拜託！人生苦短哪！豈能讓愛情霸道的占去整個昂揚青春？

所以，本篇手冊，從不鼓勵戀人們痴等苦守，放任歲月凋零！而是提供明快有效的方法，奪回或求回愛情，達成破鏡重圓的終極目標。

適用對象：愛情瀕絕破裂的男女。適合年代：廿一世紀。

可能有人會說，強求的愛情，即使到手，也沒啥意思！我不同意，除非所謂的強求，是像抓壓寨夫人一樣，從不考慮弱女拚死掙扎呼天搶地！我的復合手冊，不管硬求軟求，都只是手段形式，讓圓滿結局雙方心甘情願認同！鋤禾日當午，汗滴禾下土，強迫自己流著汗水耕耘，收穫才顯甜美，愛情，也是需要經營的不是？當愛情的園地，鮮花一日日枯萎，雜草攀爬蔓生，有智慧的愛情農夫，除了汗水，還要懂得施肥灌溉，去除蟲害的技術，才能讓花園重現生機。

讓愛情起死回生的復合完全手冊：

第一課就是——周處除三害。

周處除三害的故事，不用我說了吧？如果你連小學程度的故事都記不全的話，那也別談戀愛了！山中猛虎、水底蛟龍，當然就是窮兇極惡的情敵，打敗情敵的風度和勇氣，並不保證愛情會鼓掌叫好，重回身邊！最大的敵人還是自己！

你必須趕快找出你的第三害！她喜歡講究氣氛和情調，你是不是剛好跟浪漫有仇？她過馬路希望你牽手，你卻快跑穿過車陣，在對面直喊她路痴！情人節、她的生日，你老是忘記！她嫌自己胸部略低於標準，你和她上街，一看見對面美眉E罩杯，就目不轉睛？

妳呢？當情人愈來愈冷淡，心如刀割卻又萬般無奈的妳，有沒有想過除三害？

善變、任性、醋罐子和歇斯底里，動不動就又哭又鬧？既小心眼又愛計較？妳是不是像一個女暴君一樣，不准他這樣，不准他那樣，然後又怪他幹嘛不再把妳當優雅美麗的女王看待？

好好反省，重新出發，愛情是雙人舞，如何調整自己腳步以求搭配完美演出，是重要的關鍵。

第二課是——周瑜打黃蓋。

《三國演義》裡有許多權謀奇計，非常精采！周瑜打黃蓋，可以簡單歸入苦肉計！故事的來龍去脈，你可以有空再去翻翻書。愛情需要苦肉計嗎？當然！尤其是情絲欲斷未斷，情人欲走還留時，苦肉計能喚回不忍之心，最具奇效。

下雪的時候，跑到情人窗口站衛兵，把自己凍成一支冰棒！大雨來了，像落湯雞一樣在她家門口徘徊流連！這都行不通。一來台灣平地不下雪，除非她家住在合歡山頂，二來下大雨了都不知道撐傘的白痴誰要？包括割腕、跳樓、吃安眠藥等等，對身體有害的苦肉計，都只有反效果，加速情人遠離你這玩命的恐怖份子！

新世代的苦肉計，已經進化到形而上的境界！一封哀怨的情書，一個碎心的表情，晚餐最後的燭光下，依依不捨的眼底淚影！或者在約會的老地方，寂寂寞寞的風化成一座「望夫（妻）巖」。

你的苦肉計是不捨和懷念！把你折磨得心頭滴血，卻又能讓對方明明白白感受到你的心。

第三課孫子兵法篇。

買一本《孫子兵法》，按三十六計，一一嘗試印證！復合完全手冊只談大原則，細節巧妙之處，宜自己創新。情場當作戰場，若你應用了前幾計，就贏回來情人再次投懷送抱，很好！即使不成，在還未用盡三十五計之前，絕不輕言放棄。最美的花朵，總是生長在最高最險的地點！有此信念，則不用懼怕高攀不上。

更何況，還有走為上策的第三十六計！

確定對方真是木牛石馬，不為所動！走開就好了嘛！復合雖然失敗，但你已苦練孫子兵法了，另闢戰場，還怕不能旗開得勝嗎？

挑逗與挑戰

親卿愛卿，是以卿卿。
我不卿卿，誰當卿卿？

——晉・王戎妻語

唸起來很彆扭吧？

這不是繞口令，而是情人間膩愛的言語，卿，當名詞是「你」，當動詞是親近，親愛之意。卿卿兩字，名詞和動詞可以互換，解釋為親近你或是你最親近的你，都說得通。

晉朝王戎的妻子，喜歡用親膩的稱呼去喊他。王戎字安豐，他妻子就安卿長安卿短的跟他講話。王戎是個道學君子，食古而不化！就訓誡妻子說：「婦道人家用卿來稱呼先生，不合禮節，下次別安卿安卿的叫！知道嗎？」

篇首大字，就是王戎的妻子理直氣壯的回答。王戎無言以對，只能支支吾吾的說：「我……我我……。」就接不下去，只好隨她。

王戎嫌卿字肉麻，他的妻子可不認為，夫妻情侶甜蜜纏綿，一聲卿卿，正是表現出情意綿綿的樣子，有何不可？至少比孩子他爹啦，相公啦來得有創意，也比死鬼、殺千刀的，文雅多了吧？

王戎的妻子挑戰了傳統僵化教條，也大膽挑逗道學夫君，算是難得一見的奇女子。當你正和情人「卿卿我我」的時候，不妨把這話的出處拿來炫炫，說不定能幫你贏來一個更肉麻，更有創意的稱呼。

《世說新語》把王戎妻語，畫入「惑溺」類。真沒情趣！不理他。我再說一個不怕有人向皇帝告密他「惑溺女色」的小故事！故事中的主角，因為挑逗與挑戰的情趣勇氣兼俱，博得千古名聲，我一說你就曉得了。

「張敞畫眉」的故事？聽過吧？畫眉之樂就是這位情聖說的。他的官位是京兆尹，在漢朝首都任軍隊總司令，有這麼顯赫地位的大官，卻每天幫妻子畫眉毛！鐵漢柔情，光是這一套就吃定了他老婆。有些自鳴清高的道學先生向皇帝奏報他沉溺私情！皇帝後宮佳麗三千，整天混在脂粉叢中，自然比較知情識趣，他有點好玩的問張敞：「人家說你幫老婆畫眉毛，有這回事嗎？」

「閨房之樂，有甚於畫眉者。」張敞回答。就這句話，奠定他千古情聖的美名。

看了這兩則小故事，你有什麼感覺？愛情的言語要大膽創新，愛情的體貼動作要勇於呈現！完全正確。沒有挑逗和挑戰的愛情，大概只有雞肋能形容其乏味！

通常沉浸熱戀浪潮裡的男女，最具創造力！詩人的細胞大抵在這個時候形成！依我的看法，別顧著兩情繾綣，白白浪費剛萌芽的藝術細胞。坐下來，好好記住對方的笑容和溫柔。稿紙、日記、書信皆可，花三小時約會後，不妨挪一個小時出來，把相思深情化作文字，寫它幾篇類似愛眉小札的作品，為你的愛情作見證。相信我，持續的愛情和持續的文字訓練，絕對會讓你成為詩人。

萬一情海生波，巨大的痛楚，險遭沒頂的經驗，會將你另外塑造成——哲學家。

成與敗，都有附加價值。愛情激發生命熱力所產生的推動力量，其實可以讓你人生，開創另一個格局。

譬如陶藝家，如何？

《第六感生死戀》這部電影裡，有一經典鏡頭叫人印象深刻！女主角因思念無法成眠，半夜起床捏陶，輕柔的背景音樂聲中，想像陰陽乖隔的人回到身邊，從背後環抱著她，在轉檯上共同完成一件作品。淒美憂傷的愛情飽含張力，投注於作品，這作品必定逼近藝術層次。

當然不必等到愛情已不可挽回了，才當藝術家！你可以和情人一起到陶藝班學習，藉藝術提升愛情境界，如果兩人恰巧有這方面的天賦，創造出一兩件曠世名作，你們的愛情豈不是跟著永垂不朽？

「別作夢了！哪有這麼簡單！」你如果潑我這一盆冷水，不怪你！我這人一向就有點好高騖遠！不過，人嘛，總要找點夢想來挑戰自己，朝高難度的夢想前進，一路接受挑戰，這人生走來才有趣味，不是嗎？

我又唱高調了嗎？不說，不說！說真的，情人相約一起學習，共同培養嗜好，所謂志趣相投，亦是愛情的保障之一，比起那張結婚證書管用多了。

唉！說起婚姻，我還真有點感觸良多！一雙男女，打從青少年時期有了愛的憧憬開始，經過初戀、熱戀，總是一心一意的想要走入婚姻，等到真正進入婚姻了，才又開始替婚姻創造一些墳墓啦牢籠啦沒有窗戶的城堡啦等等負面名詞！孩子出生，更是手忙腳亂！尿布奶粉生活費教育基金，那一項不叫人蓬頭垢面，焦頭爛額！偶爾翻一翻結婚照片，真覺得裡頭甜蜜幸福的一對傻鳥，笑得像白痴！旁邊永浴愛河，白頭偕老的題字，更像惡意的謊言。

你簡直懷疑！王戎的妻子怎麼有心情卿卿我我？張敞又怎麼有那閒功夫在那兒描眉毛，他們都不上班的嗎？

結婚才幾年，一副老夫老妻的樣子就出來了，別說挑戰，連起碼的挑逗也沒啦！

我所以感觸良多，就是這類毫無創意的夫妻關係，占絕大比例！台灣的離婚率，已經攀上亞洲第一，令人惋嘆。太開放的社會價值觀，太複雜的聲色誘惑，婚姻挫折太容易尋來填補或麻醉，都具推波助瀾的作用！離婚這件事，就因而更不當一回事了。

婚姻真的這麼難經營嗎？

我倒還不是真的悲觀！就算婚姻不能擺脫柴米油鹽醬醋茶的現實，試著朝愛情找嘛，當年戀愛時的琴棋書畫詩酒花，隨便找回來一項兩項，夫妻倆共同研究或各自鑽研，總可以略略舒緩婚姻的萬念俱灰吧？

愛情若是挑逗，婚姻則屬挑戰，不要求你浴血疆場，至少，也莫讓自己輕易成為逃兵，不是嗎？

伊媚爾情書

X或Y世代男生女生，還有誰談戀愛寫情書的？請舉手。

說真的，我沒看到有人舉手。那個頭髮削得薄薄的，眼睛大大的，一雙長腿白白嫩嫩的女生說：「寫信？很難哪！除非我心情很壞很壞！長這麼大了，我才寫過兩封信，跟兩個男朋友絕交！」

另一個瀏海上一抹金黃，講話老愛把蓋了半邊臉的頭髮甩到一邊的男孩說：「我字很醜，打死我都不寫信，我手機號碼給你，OK？」

還有作文IQ零蛋的不寫信，寄信太麻煩缺乏時效性，沒有信封信紙啦，都是不寫信的理由。依我看，手機、電話太方便，才是寫信人口，幾乎被完全殲滅的原因。

尤其到了廿一世紀，電腦入侵家庭，網際網路的資訊傳輸普及之後，電子情書伊媚爾，正式把文字書寫的人，打入ＬＫＫ一族。「寫信？省省吧！」ＸＹ世代的男女齊聲說：「E-mail 又快又便宜，拜託！」

還肯上網給情人傳輸伊媚爾，也可以了！但都寫些什麼呢？「聊天打屁吧！反正電腦文字圖案很多，配一配就很漂亮。」一個手臂上有凱蒂貓紋身貼紙，長得也很漂亮的辣妹說：「我男朋友就是愛車子，每次伊媚爾給他，我都會畫一輛超炫跑車附送。」

我的確有點落伍！人家網路文學都已經流行很久，我到現在連一封伊媚爾電子郵件都沒收發過！電子資訊時代來臨，但寫作和寫信，我仍未改紙筆書寫的習慣，我只肯承認我有爾雅古風，誰要說我食古不化！我會生氣！

談起古風，說起書信，我還真有點替古代女子叫屈！哪會差這麼多？

唐宋詩詞裡頭，許許多多描寫閨怨的文字。深閨怨婦，只為情郎遠行，等信的心情那真是苦啊！「倚遍闌干，只是無情緒。」一會兒又強自鎮定，說：「斷雲中不見孤鴻，秋水外那來雙鯉。」一會兒想不開又說：「音書鱗羽久不到，幾千里外空相望！」含著幽怨淚水，煮了晚餐，草草吃了準備上床，讓夢魂飛越關山，去見見思念的人吧！睡到半夜，輾轉反覆，想起郎君已經「年半無來雁」，愈想愈難入睡，乾脆起床「披衣對小樓」！「任那枕邊淚共階前雨，隔著窗兒滴到明」！這種煎熬，又「怎一個愁字了得」！

抱歉！掉了好大一個書袋。沒辦法，我太愛詩詞了！略略說些古代書信傳遞之難，等信心境之苦，只是拿來對照廿一世紀資訊便利後的輕鬆寫意。然後，難免還是要有點老氣橫秋的對新世代男女說一聲：知福惜福，你們真正福氣啦！

咱不談舊世代的事，且言歸正傳！不管是以紙筆文字書寫或是傳真，或是伊媚爾，我其實想申論的是：情書在愛情中的重要性。

如果約會傾談是愛情的主菜，那麼書信則是愛情的調味料。上次約會才隔兩天，你就接到她的信，娟秀的字跡，整整填滿好幾張信紙，把約會前她苦苦的等待，約會中她甜蜜的羞赧，約會後心酸的離別，交代得一清二楚！你會不會感動？原來這個辣妹挺有深度，挺有氣質！感動之後你會不會心動？然後正式展開追求的行動？

你是個幸運的傢伙！能寫一封文情並茂的信的這種女生，已是稀有動物，你要懂得珍惜。

就算她只電傳過來一句感謝，或者在伊媚爾裡頭寫著期待再相會，然後附上一幅媚媚的美女圖，感覺也很不錯，是不是？肯以文字圖案為第一次約會留下見證，你不會相約她第二次？才怪！

情書，這個古老的戀愛工具，可以把七分愛情，打造成出十分浪漫。藉著文字造句的修飾渲染，情感思緒恍若水晶琉璃般剔透呈現，挺美的不是？不過，書信可不是女性專用！徐志摩的愛眉小札，拿破崙寫給約瑟芬的情書，以文字柔柔軟軟敘說情懷的，可都是大男人。

你不會回答我，誰敢跟徐志摩、拿破崙比呀！他們是偉人，是大文豪！不就是寫信嗎？想跟你的情人講什麼話就寫什麼字，困難嗎？辭不達意？沒那麼遜吧？要這麼遜，你也不看我這篇文章了。

寫信容易，要寫好一封水準以上的信，有一些技巧和格式，則需要變化或遵循，我認真的說，你仔細的聽。

情書開頭，當然是稱呼，姓氏省略，名字寫一個字或兩個字視戀情深淺而定，不要太膽小，也不能太冒失！戀情成熟時則百無禁忌，心肝怪獸蜜糖魔鬼，隨便你分開或連起來寫，習慣之後就是你倆專用稱呼。

情書內容不管風花雪月山水林泉，辭句宜雅不宜俗！即使表現幽怨、嫉妒、質問等內容，必須在強橫中有溫柔，嗔怨中有深情，總而言之，你所有的感覺，都必須是因為怕失去她所引起，把持這個原則，大致上情書的功能就有了。

至於信封裡裝一些玫瑰花瓣，滴幾滴香精的小動作，男人忌用！容易被女人判你娘娘腔的罪名。另外一個大忌是錯別字，把對妳有「興」趣，寫成對妳有「性」趣，不捱罵才怪。除非你是故意的，你們的愛情已經准你故意寫這種錯別字，那不干我事。

為愛情做見證，比記憶或生命留存更久的就是文字書信。伊媚爾電子情書更是代表潮流趨勢，屬新世代戀情用，寫它幾封吧！否則你就跟我一樣，落伍了。

分手美學

「為什麼我總覺得認識妳，是愛情嗎？讓我對妳一見傾心，像找回失散多年的親人。」男人說。

「也許我們前世相愛過，所以，今生就只為等待你！我愛你，永遠。」女人說。

當然是愛情！只有愛情才會讓兩個陌生人，很快的熟悉到決定睡同一張床。

「五年了！認識妳五年，我才發現妳好陌生！」男人說。

「我也是，昨天晚上睡到半夜醒來，我看了你好久，就是叫不出你的名字，我就知道，我們完了！」女人說。

這也是愛情，叫最親密的一對戀人，還原為陌生人，正是愛情殘酷的另個面目。

面貌多變，撲朔迷離，愛情確定千古大惑！戀人和詩人們，創造出許許多多的比喻，仍無法完全掌握愛情的真面目！不過，有一個原則可以確定，愛情是感覺的一種，正面的愉悅、振奮、甜美等感覺產生，才是愛情的本質。如果兩人之間出現怨恨、猜忌、無奈淒苦等情境，則屬「非愛情」！當非愛情還未完全張牙舞爪，顯現猙獰面目之前，分手，是可以考慮的。

因愛情而彼此靠近，瞭解原來是「非愛情」而分手，想闖蕩情場者，這把慧劍，應屬必要裝備。

有一個相當有名的故事，多次被編入戲曲中。你要是對國劇略有涉獵，《秋胡戲妻》的劇碼應該聽過，沒聽過也沒關係，輕鬆一下，聽我說上一段。

魯國有一士子名秋胡，新婚五天，就把妻子丟在家鄉植麻種桑，自己跑到陳國去謀求發展，算他運氣好，既升官又發財，五年榮華富貴匆匆而過。有一天，突然良知發現，想起該回家一趟探視寡母妻室，就帶著車隊馬匹，浩浩蕩蕩的衣錦返鄉。

到了舊居附近，秋胡突然看見一個容顏秀麗、體態絕佳的婦人，正在林間採桑，秋胡一見，就迷上這位桑間美女，命車隊停止前進，他親自前去搭訕：「耕田採桑，能有多少利潤？像妳這種美女，如果遇上高官巨賈，就能享受富貴，我有很多黃金白銀，只要妳點頭，就送給妳。」

桑間美女，哪曾遇上如此孟浪蜂蝶，不禁露出一臉鄙夷，只管低頭採桑。秋胡自覺無趣，羞慚而退。

等到秋胡返家，拜見母親，並與妻子相見，才發現原來桑間美女正是自己久未謀面的妻子，他剛剛調戲過！秋胡之妻這一剎那真是心如刀割，五年來侍奉寡母，思念良人，怎知原來良人如此不堪！憤怒委屈之下，狂奔出門，投河而死！

故事情節並不複雜，端莊自持的美人，嫁了一個狂蜂浪蝶，有眼無珠兼不負責任的丈夫罷了！妳若是秋胡之妻，又該如何？

為非愛情投河自盡，太傻了！完全正確。不過，分手已成定局，這種「不良」的良人，那能仰仗終身？反正秋胡錢多，要一點黃金白銀當贍養費，快快樂樂的做個單身貴族，應該不難。就說分文不取吧，麗質天生的美人，還怕沒有另個貴冑公子量珠求聘？枉自玉殞香消，以秋胡這等俗物，又能記取教訓多少？多久？還不是一轉頭就拋到腦後了。

總而言之，以自殺為手段，完成分手的目標，乃最下之策，千萬使不得！

有人說過，男女相愛，就像兩條線的交會，在相遇的時刻迸出火花！我倒覺得這種說法很危險，因為兩條直線在交叉點後又會愈離愈遠！愛情男女最理想的狀況是平行線，像鐵軌，平穩托扶著婚姻列車，行向永恆的地平線。一點點距離，有點黏又不會太黏，反而沒有分道揚鑣的風險。

不用管我的觀念問題。如果，因為千百種理由，必須分手！那麼，如何正確分手以減少傷害，甚至留下些許美感，正是本篇重點的所在。

當你主動的想分手，覺得兩人繼續已不可能，馬上決裂又太殘酷，不妨拉開距離，各自留下思索的空間，熾烈的愛會自動降溫為雲淡風輕的友誼。你可以漂泊他鄉，偶爾撥個電話過去：「妳好嗎？我還是掛念著妳，我已經慢慢習慣沒有妳的日子，妳也這麼想的，是不是？我們會是永遠的朋友。」

拿朋友當擋箭牌，只為抵擋剛分手時唇刀舌劍的言語傷害。你還是要撥電話，只是時間拉長了點，一個禮拜，一個月，半年！你的傷痛痊癒後，口氣自然更像朋友。對方呢？半年一年後，也許她會另有遇合，興奮而溫柔的告訴你，她交了新男朋友，這個新男人有你的影子。

你被迫分手！也就是她不愛你了。也可以充分利用時間和空間來修完分手美學學分，讓自己的風度和瀟灑，永遠留在她的心中。

攔截跟蹤，死纏爛打！大男人不該做這麼沒有品味的事！倒是徐志摩那一招可學：「揮一揮衣袖，不帶走一片雲彩。」分手了！你會有一大把時間冷靜思考如何改造自己，修正你那一堆讓女人無法愛你入骨的缺點。

你也會發現，分手後你的空間變大了！擦一擦牆角蒙塵的吉他，翻一翻你一直想看的幾本好書，或者獨自一人走入山水深處漫遊，所謂近水親山，仁智兼得，把占據心中的倩影搬開，這空間可以容納許多好東西，不是嗎？

愛情絕不是生命的唯一，修分手美學的課程，正是讓自己真正成長的機會。且叫自己長成一枝寒梅吧！霜雪之後，散發君子般的冷冽清香於天地之間。

如此這般，下一次的愛情，將換過另個面目，與你清新歡喜相逢，分手的記憶，也會是你身後的風景，漸行漸遠，終付渺茫。

輯二

十二星女子·愛情謎雲

水瓶座——好想去流浪

天氣開始涼了。

雨，開始下了。

有一種陰晴不定的氣味，飄浮在空中。

好想去流浪，好想好想。出生在一年當中最冷的季節的水瓶座女子，冬天的氣息一瀰漫開來，總會不由自主的想去流浪。

這是我的季節。

因為你，你這個漂泊天涯的浪子，還在我荒蕪的心靈深處，霸道的占去一個角落，午夜夢裡醒來，你那一雙眼睛，還像遙遠的燈火，在我眼前簇簇燃燒。

我怎麼可以想你？怎麼可以任由你霸占我的夢？又怎麼還在夢裡依偎著你，讓自己成為一朵繾綣的雲，隨你天涯海角去流浪？

為什麼總是學不會遺忘？在一場美麗的錯身之後。

今天早餐桌上，我那個趕著去上班的老公說：「昨天夜裡作了什麼好夢，妳笑得多開心，還尖叫呢！」

「夢見我站在雲海前面，大口吹氣，要把雲海吹開。夢見我們大聲呼喚，叫太陽別賴床，雲海很像太陽的棉被，不是嗎？」我說的是真話，那夢境如此如此清晰。

「我們？我們去過阿里山看日出嗎？」

「又不是阿里山才有雲海，中橫、南橫、北橫，哪裡沒有雲海？」

老公的眼底有些狐疑！我那個只懂上班下班，從辦公室到家裡永遠一條直線的老公，可沒陪我看過雲海。他說：「夢裡的我們，是妳跟誰？」

「對不起！我沒看清楚。既然你想知道，午睡時我再回到夢裡把那個誰抓出來，陪我們吃晚餐。」我胡說八道的催著老公：「趕快出門，你要遲到了。」

我還想著你，卻只能在夢中相逢。

我們在哪裡看過雲海呢？阿里山、南橫、台灣公路最高點的武嶺，對不對？我們都去過。高山大海，深谷幽澗，山山水水一直是我倆戀情的風景。

我是水瓶女子，流浪的水是我的星座記號，你更是山水男兒，拓荒的工程人員，提山月為燈，遍走荒莽世途，你常說山郵水驛，處處為家，只盼親山近水仁智兼得！你是的，因為你智性和感性，也是水瓶座最難抗拒的特質，我才會愛上你！也因為你流浪不羈的性格，我才有機會追隨你，縱情恣意的踏遍千山萬水。

我是雲，雲的命運，你在天涯海角站成一座山，我就會飄過去，依偎在你身邊！這也是我這水瓶女子的星座宿命吧？雲，不就是流浪的水嗎？

然而宿命，宿命究竟是什麼？是遺忘和周而復始的輪迴嗎？人，真的真的只是無知的隨著宿命的軌跡起舞？而生命就是宿命的音樂盒裡旋轉著的，顏色鮮艷華麗的人形玩偶？這樣嗎？

如果不是！為什麼我們只敢說，我們是前世戀侶，今生相逢太遲，還得等下輩子！你不敢忤逆人間義理，跟你原有的世界決裂，不敢拋棄妻子與我廝守一生，真的只是為我們修那來世共結鴛盟的福分嗎？為什麼你總是不肯承認，你事實上已經向命運低頭！你沒有勇氣因為我向你的世界爭取一絲一毫！你是如此堅定的告訴我，也告訴你自己：遲到的人，不能奢求座位！

我遲到了十年，可是我也等了十年了！我不要大椅子，我只求你在世人面前，給我一張小椅子，夠坐在你身邊，而不是叫我面目俱無的站在永恆的黑暗中。

十年！站了十年！你知不知道我的腿有多酸多疼，我的心就有多酸、有多疼？

「不公平！」這是後來離開你的原因。十年來，我重複的要求，生一個孩子以確定和你一生牽連，永不分離。而你總是不肯答應！我艷麗飛揚的青春啊，還有另一個十年歲月，拿來等待嗎？

十年後我不再是雲，是飄浮的鳥，渴望一座可以著陸的島，多年來無根的飛行，我的腳已逐漸退化，我必須在我的腳完全消失之前，尋找可以落足的島嶼。

我結婚了，我也懷孕了！我的老公是歐亞大陸板塊，穩重厚實，我可以生一大群孩子，讓他們在豐沛水源旁邊的草地上嬉戲。

我必須忘記，我會飛行！不管是雲的漂泊，還是鳥的雙翼，我都必須忘記！忘記你。

我的手記，我的書信，我們在山水之間留下儷影雙雙的一大疊相片，結婚前我全交給你了，你接到結婚喜帖的時候，有沒有一把火燒了？讓往事化雲煙？我知道你沒有，因為我不准你燒！我自私的認為，當我著陸之後，生了孩子，然後我還會繼續飛行，帶領著另一雙小翅膀，天涯海角追隨你。

我把回憶藏在夢裡，在每一個冬季來到的時候，拿出來擦拭！你把我們的回憶藏在哪裡呢？皮箱裡？床鋪下？上了幾道鎖後任由歲月的灰塵，一層層覆蓋？

我現在答應你，燒了那只皮箱！我要你也把回憶藏在夢裡，如果靈犀相通的傳奇可以印證，我和你在夢裡相逢，我們再去看雲看海看落日看明月。

挺著肚子，只在陽台上晾衣服，站久了就有點喘有點累！懷孕的水瓶女子，很像不倒翁，只能在原點晃動！可是一顆心，還是好想，好想去流浪。

陰晴不定的氣味還飄浮在空中。

雨，下得斷斷續續。

天氣真的涼了。

射手座——霸氣女人馬

一種寧靜，毫無煙火氣息的美。

清晨的高速公路，真的相當漂亮！寬闊筆直的柏油路面，像把黑色巨劍般剖開山林，橫擺在眼前！新鑲上去的反光貓眼，薄霧中閃動著溫潤的珠光寶氣。

這真是一把造價昂貴的寶劍！剛剛完工的這一段南二高公路，近二十公里的高填土路基，花掉近百億台幣！從土地徵收到橋梁施工和柏油鋪築，全在中央山脈邊緣的山山谷谷間展開，施工難度比起第一條中山高速公路，的確困難許多。

他把黑色三菱跑車從工地宿舍旁的施工便道，開上高速公路，然後停在路肩。五點五十分。

還沒有正式通車的這段二十公里路面，只有少數附近居民和他們這些施工人員才會上來，騎單車、慢跑，開車兜風都有。他是來赴約的，赴一場快意奔馳的賽車約會。六點初，那一輛紅色愛快羅密歐總會在路的盡頭出現，很快的來到他的車後，閃著遠燈，按一聲長長的喇叭，像挑釁，也像邀約他這輛日系跑車，一齊併肩奔馳。

他接受挑戰許多回了。沒有交通警察開罰單，放膽飆至極速的機會並不多，台灣多金的車主，花了大把金錢買來頂極好車，卻只能塞在車陣裡牛步蝸行，不只委屈了車主，也委屈了一輛輛性能驃悍的好車！和那輛愛快飆過幾次，他覺得，他這輛日系跑車的潛能，慢慢被開發了。

他們也飆出了交情，所謂的君子之爭。二十公里跑完，紅車閃著轉向燈，從右側施工便道下高速公路，他則回應閃燈告別，循原路逆向回宿舍。剛開始，他的跑車只衝到一百七，就明顯乏力衝刺，如今直上一八五，愛快小鋼砲依然輕鬆領先他一個半車身。

難怪車壇上，義大利有「跑車故鄉」的美譽，日系平價跑車相形之下，略有遜色。

六點五分，後視鏡出現了紅色車影，很快的從薄霧中顯露出車頭霸氣的兩顆織亮霧燈，他也打開霧燈，輕踩兩下剎車，讓燈光閃動著「來吧」的訊號。等到紅車那一聲又長又響的喇叭聲響起，他隨即深踩油門，讓輪胎滋一聲發出愉悅的磨地聲，猛地竄出。

起步加速雖快，還是快不過紅車飆過來的速度，各占一個車道，落後兩個車身。他努力追趕，碼錶很快直上一八〇。

還是一個半車身的差距，他的眼角餘光看著紅車，黑色隔熱反光紙像厚重簾幕，遮住了他探索的視線，卻縱容他的想像。他曾經在後視鏡裡，隱約看見一雙墨鏡，一張白淨的臉，這個少年應該是有錢人家的孩子，才能買這麼一輛百萬出頭的小跑車，但這個有些野性的子弟，卻是教養良好，斯文有禮，競速疾馳時，他可以又快又直接的感覺車內駕駛寬容敦厚的一面。

寬容敦厚的性情，屬後天智識的修養，無關乎先天基本個性，紅車主人天生好勝好強，在始終維持領先他一個車身以上的競逐中，可以確定。

再者，肯花大錢買愛快羅密歐這種另類跑車，個性上必有特立獨行之處！他本身學機械工程，從事的工作也和機械有關，他很想認識這個車主，要問他為什麼獨具慧眼，選上這輛好車？

二十公里很快就到盡頭，他閃了一下燈號，慢了下來，前方的紅車也踩了剎車，打起轉向燈。「也許，下次有機會再認識了。」他心裡剛浮起這個念頭，卻突然聽到一聲巨響，紅車後輪冒出一股青煙，像跛腳小鴨般躓到路肩！爆胎了！幸好車速已經慢了下來。他追過去，停在紅車後頭，幫忙換個輪胎，對他而言，是輕而易舉的事，衝著競逐的交情，這個忙沒理由不幫。

紅車主人開門下車，先露出來的是一雙長腿，垂肩長髮隨便束個馬尾，露出一截白皙的脖子，T恤短褲，馬靴墨鏡，竟然是個酷妹美女。衝著他露齒微笑，神情鎮定，倒像是他爆胎了，掩也掩不住的手足無措。

他終於認識了她。每次聊起這段往事，兩個人心底總升起甜蜜的感覺，這個辣妹現在不跟他飆車爭先，不過，仍然很霸道的占用家裡的停車位！停她那輛陪嫁過來的愛快羅密歐。

「說我是霸氣女人馬！」成為他溫柔的小妻子後，偶爾她會逗他：「第一次約會，就那麼肯定我是人馬座！你呀，到底用這種招式騙了多少女孩子？」

「沒辦法，我只找到一個跟速度有關的星座，沒想到還真是準！」他一眼就愛上她，研究星座，只是他為第一次約會所準備的功課之一。

十二個星座裡，追求極速的星座非人馬座莫屬。它的記號是一支象徵不停飛馳的箭，所以又叫射手座。好奇、好勝、好鑽研、好自由，是這個星座的基調。

女性人馬座具有三項難纏的元素，女人、人、馬身，因而人性獸性並存，理性和感性兼具，再加上火象星座特有的冒險犯難精神，更使得女性人馬的霸氣和野性，無人能出其右。

他當時只跟辣妹說到這裡，如今，已成為自己妻子的美女，他依然謹守駕馭女人馬的祕訣：收放之間，拿捏得宜。關於這點，他當然不肯透露。

不僅是愛情，婚姻、人生道上，他也會秉持這個原則，讓自己成為一個最佳騎士，永遠。

雙魚座——藍色情迷

也許吧！

氣氛本來就是一種錯覺，尤其在這麼湛藍剔透的海水深處，這麼深沉寂靜的空間裡，一見鍾情又有什麼不可能？

他認識一尾魚，母魚，浮沉在夢幻水晶宮裡的一尾母魚，然後無法自拔的愛上她。

位於黃道十二宮最後一宮的雙魚座，集合十一個星座的優點於一身，不幸的是十一個星座的缺點也照單全收！不僅個性複雜無人能比，人格分裂現象，更是嚴重。

水象星座的雙魚，情緒就如同接受陰晴圓缺牽動的潮汐一樣起伏不定。迷戀和水有關的事物，是其特徵。譬如游泳、養魚、淋雨、馬丁尼、感情氾濫等等。

母魚絕對溫柔得沒話說。如夢似幻的藍色情挑可以吸引很多男人溺水，最不能原諒的是母魚為了證明自己的魅力，常常會上演腳踏兩條船的劇情。

他含一口「龍舌蘭日出」，配一口冰水，悄悄的嘆口氣！雙魚座女子，他在這一家牆壁畫滿海底生物，叫做水晶宮的PUB裡認識的雙魚女子，彷彿潛入深海般，不再出現。

她會不會知道？不管她傷害他多麼深，他都已經原諒她了！他已經懂得她的柔弱，她的無辜，她因缺乏安全感所做的任何令人髮指的惡行！

他仍然等著她，在水晶宮最深最藍的角落等她！期待的眼神一如初識時的熱烈專注。

「我是魚，不要人陪，每當倦了累了，我就會回到海裡休息。」她帶著嘲弄的微笑說。

他記得她的第一句話，永遠記得！他是廣告文案自由撰稿人，藍色水晶宮的氣氛，可以讓他比較容易捕捉靈感。他注意她N遍之後，唯一的靈感是猜測這個女孩的身世背景。一個溫柔沉靜的美麗女子，獨自在PUB飲酒，應該是擺明招蜂引蝶來的，可是沒有！他好幾次從文案構思的困境裡抬起頭來，看見她輕聲而堅定的對前去搭訕的無聊男子說：

「請別打擾我，我只想靜一靜，謝謝你，拜託。」

他終究忍不住跟那些無聊男子一樣，想認識她。叫過來服務生，替她結帳，並且附上一張紙條：「相逢不必相識，請容許陌生人問妳一個問題。」

他熱切的注視著她的表情，服務生離開她的桌子後，她一直低著頭看字條。卷曲的長髮遮掩了大半邊臉頰，纖細的手指捻動吸管，讓她桌上那杯「長島冰茶」轉出一個小小的漩渦，那一刻，他幾乎有種即將滅頂的感覺。

像期待美人魚從幽深的海底浮上水面，他快要在她身後那片壁畫的深藍裡窒息時，她終於抬起頭來，更深更藍的眼波閃動笑意，朝他點頭。

他拿起桌上的龍舌蘭日出，移到她對面，近距離直視少女媚柔的臉龐，原來淡漠遙遠的感覺突然消失，他整個人輕鬆起來，彷彿多年失散，今朝重逢的朋友，他問：「找個人陪嘛！怎會看到妳老是一個人窩在這裡？」

她回答了，然後他好像忘了他只能問一個問題，接下來的兩個小時，他問了Ｎ個問題，還是沒法摸清楚這尾滑溜的小美人魚的底細，倒是把自己的身家背景全盤托了出來！

兩個禮拜，兩個月，他還是只擁有女孩的ＣＡＬＬ機號碼和「小魚」這個名字。他們一齊去吃遍美食，也許來回一百公里只為了一碗肉羹或一杯咖啡；一齊趕午夜場首映電影，然後在海邊或山巔等待日出。他們也做愛，並且品評每一家汽車旅館的裝潢格調，女孩像大海般，縱容他瘋狂恣意的情欲索求，卻也如大海般神祕莫測！每一次接她或送她回去，她下車的地點都不一樣，她笑著拒絕他的追問：「我是魚，不能讓人知道棲息在哪個洞穴，我怕被捕捉！」

說好不能再追問，除非她願意說出，如果他忍不住，大概就是分手的時候。

她承認和他一見鍾情，說他轉著筆桿，進入深層思索的表情很迷人，有點詩人或藝術家的氣質！所以她願意把每一次相聚，都停留在一見鍾情的氣氛裡。他懊惱的請求介入她的生命時，她卻含著眼淚，請求他不要破壞那樣美好的感覺。

他的情像愈織愈密的網，而她愈來愈像一尾受驚的小美人魚，急著逃回大海。

他不敢再問，卻忍不住在送她回去時守候跟蹤，看見他的情人在離開他之後，進去一個個不同的男人的車子裡！在壅塞雜亂的街道上，他也一次次跟丟了那些車子。終於有一次他跟得最緊，在那輛車子後頭按喇叭閃遠燈，那輛豪華賓士轎車彎上高速公路，他把油門踩到底，前車仍以時速近兩百公里的速度，載著他的女人，把他遠遠拋開！

他CALL機，不回，再CALL，傳來的訊息是她把機子關了！

這個雙魚座女子，會不會是歡場中的淘金女郎，在人海中洄游覓食，而他只能看見她色澤鮮麗的一抹倩影？沒有答案！沒有。他仍不死心的繼續CALL她，直到她把呼叫器換了！

他原想親口告訴她，他願意和她一起承擔答案的真相，想告訴她，不只是一見鍾情，他願意跟她一生一世，這洶湧人海裡，乘風破浪。

ＰＵＢ燈光轉暗，音樂聲柔和輕細，午夜了！水晶宮裡孤獨泅泳的這個男人，一口喝乾手中的「龍舌蘭日出」。帶醉的眼睛，分明看見一顆守候的心，淒涼如落日，正緩緩沉入大海。

摩羯座——殘酷的溫柔

「出生在沒有一絲生物氣息的酷寒冬季的摩羯，是個半羊半魚的組合，又稱山羊座。」

「其中的羊頭，被認為是牧神的化身。傳說中，牧神在森木中被怪物襲擊，匆忙逃入水中躲避，卻因為太過驚慌而無法完全變成魚。羊的勤奮堅毅，搭配魚的悠游自在，再混合宇宙黑暗面的守護星，土星！摩羯這個最複雜的地象星座，遂呈現孤獨、驕傲、陰冷的性格。」

「唯一的狂熱，大概就是陷入愛情的時刻，尤其是摩羯女子，她會愛得很專一，愛得忘了自己，愛得讓生命提早進入冬季也在所不惜。」

「相對的，摩羯女子在判斷愛情已不再是愛情時，決定分手的一刻，也必定殘酷決裂得出人意表！」

「你?懂我嗎?」

他在梳妝台的鏡子上，拿下這一張字跡娟秀的字條，反覆細看，最後一句「你懂我嗎?」彷彿一個哀怨的表情，一顆即將墜落的淚珠!更像一支冷箭，突兀的刺入他的胸口。

一種疼入骨頭的感覺!

梳妝台上，原本一系列雅芳化妝品的瓶瓶罐罐不見了!只有他的一套內衣褲，一套休閒服，折疊成四四方方擺著。打開衣櫃，空的!通往小陽台門口那串風鈴，還掛在那兒，一間原本嫌窄的單人小套房，此刻竟讓人覺得寬闊空蕩得不知所措!

走到小陽台門口，輕輕拉開門，對流產生的微風，隨即從前門的門縫吹進來，細細碎碎的搖響風鈴。

這一串彩色小玻璃鐘，當初她決定要買的時候，他反對，反對的理由是他睡覺時聽不得一些雜音!認識半年來，他第一次看見她生氣的表情!咬著唇，瞪大的眼睛首先泛起淚光，那原該讓人感覺軟弱哀怨的淚光，他卻覺得冰冷陰森!她涼涼的說:「有沒搞錯?風鈴是噪音?你回家陪老婆孩子的時候，我要一串風鈴陪我不行嗎?至少，小套房不會安靜得像一座墳墓!」

她賭氣不買，逛到隔壁少女服飾店，刷了好幾套衣服。那一夜，他溫柔的扳過來她冷漠的肩背，更溫柔的以純熟的性愛技巧取悅她年輕的身體之後，把這一串風鈴掛在陽台門口。

「妳喜歡風鈴？為什麼？妳不都是聽CD的嗎？」暖暖長夜，逐漸溶解兩人間的冷淡，他輕聲問著窩在胸膛上的小情人。

她的聲音在黑夜裡頭顯得遙遠：「你不在的時候，我根本不聽CD！那是些愛痛情傷的歌曲，聽了難過，我寧願聽乾淨、透明的風鈴聲。」

是那一刻，恍然察覺，他那柔軟俏麗，彷彿無憂無慮的小情人，有一些他不曾體會的滄桑。

他緊緊的抱著她，心底湧起憐惜，只是做愛後酥軟的身軀，很快的讓他放棄擁抱的姿勢，沉沉墜入夢鄉。

「我能真情對待她嗎？能嗎？」站在陽台欄杆前，他俯視著霓虹燈光燒灼的夜街，悄聲詢問自己。

他一向鄙視獵艷尋芳的行為，卻在繁華都市最熱鬧的地點租下一間小小金屋，藏一個婉媚多嬌的酒店女子！對這一份主動纏繞上來的桃花情緣，他沒有拒絕，有一小半是虛榮心，證明自己的魅力，身處婚姻中的男人還能吸引未婚女子無法自拔！一大半是俠義心腸，身世坎坷的少女墜入煙花，他有能力，也真心希望能夠拯救這個少女脫離火海。

他不讓她回酒店上班，替她還清債務，幫她找一份工作，盡可能挪出時間陪她。說好陪她一年，確定她回歸正常生活後，結束這段感情。

近三個月，她唇邊的微笑如漣漪擴散：「我發現我適合年紀比我大很多的男人，這輩子打算賴定你！怕不怕？」

她總是眼睛先有笑意，深潭般的眼波彷彿藏著險巇的謎題！他並不害怕這個心思難測的少女，那些真真假假的甜蜜言語！

只是一種相處的情趣吧？她應該很清楚，他從來沒想過要背叛他原有的世界。

半年後，他清楚察覺了自身秩序的顛倒，他渴望和她相聚，藉口加班或出差的次數增加許多。他是個自認成熟理性的男人，就如同獨立的人會比較自私，理性的人往往顯得無情，當他警惕到這份心底滋生的情愛，如果任它蔓草般頑強攀爬，終將遮掩他回頭的小路時，他慢慢冰封自己的熱情！

不再介入她的內心世界，也在她提起她的摩羯座，嬌柔的要他瞭解她的宿命或愛情時，淡漠的回答：「命運掌握在自己手上，紫微、命相、占星，不信也罷。」

風鈴的叮叮聲，愈來愈響，起風了！十二層的高樓總是比較容易感受寒意！沒有另一個人的體溫取暖時，更冷！

每一次，她以溫暖熱情迎接他，而背後，她是如何忍受更多獨處的寂寞長夜？走了也好！也好！他凝視著逐漸冷卻的夜街，也許，因為年輕，她的情傷容易癒合，傷口結疤後，疤會變淡消失。

「你的溫柔，對我而言太殘酷！」他會永遠記住她曾說過的話。

捏著口袋裡的紙條，他緩緩的告訴自己：「我懂妳，但是說再見吧！我的摩羯女。」

處女座——多情多怨嘆

「妳不會不理我吧？」電話那頭，男人不改他一貫優雅的聲音。

「不會！」

「那——我明天過去找妳？」男人說得細聲細氣，彷彿帶點夜的妖媚。

「不要！」

「還在生氣？對不對？」男人說。

「不對！」

「妳又喝酒了？愛蘭白酒？少喝點！喝完了趕快去睡，好嗎？」男人半哄半勸的口氣，有著枕畔細語的柔軟。

「不好！」

「妳醉了！我掛電話了，乖，去睡覺！掛了？」男人耐著性子說。

「不掛！」她突然放肆的笑了起來：「掛了就是死掉了！你就是希望我掛了之後不來煩你，對不對？你是不是不愛我了？」

「愛！怎會不愛？我才捨不得我的處女孔雀掛了呢！聽話，放下電話妳很快就會睡著了。臨睡前唱妳那首處女座主題曲〈多情多怨嘆〉，明天醒來妳一定又忘了我們今晚的談話內容。」男人已經確定電話傳來的鼻息裡濃濃的醉意。

「那麼，你說一百遍愛我，才可以掛電話。」

「聽好，我說了，愛妳一百遍。」男人「卡」一聲，掛斷電話。

她拿著話筒，聽著嘟嘟聲好一會兒，才頹然放下電話。順手拿起床頭櫃上的高腳酒杯，把半杯愛蘭白酒一口氣喝乾！帶著淡淡香氣的烈酒滑過喉嚨，身子逐漸酥軟溫暖，只有思緒依然針尖般冰冷銳利，那閃動的微光清楚的映照出一個事實：這個男人回家了！回去陪他的妻子兒女，把她丟在精緻卻空蕩蕩的金絲鳥籠裡。她不想當金絲雀，一點也不想。

然而，在愛情的牢籠裡，她又怎能是驕傲的孔雀？

她掙扎著起床，坐到梳妝台前，把垂肩長髮的束帶解開，薄敷冰霜的臉頰，已讓酒意燒灼出一抹嫣紅，只有唇還是冷冷的雪色！她需要一支最艷最紅的唇膏。

「一隻驕傲華麗的處女座孔雀，即使剩下最後一支羽毛，也會奮力開屏。」拿著唇膏，她望著鏡中依然美麗的臉，突然想起這句話，那個電話中像情人也像知己的男人，曾經說過的一句話。

她回到床鋪上，拉好鬆軟棉被，然後從枕頭底下拿出一本書，一本談論星座與命運的書，找尋處女座的說明。她必須確認自己究竟是孔雀還是金絲雀。

處女座的記號是一束長髮，迎風款擺。象徵夢幻少女的清純天真，帶點秋的恣意，也帶點風象星座的飄忽莫測！這是一個最不能事過境遷的星座，記憶往往珍藏如密封的美酒，卻也是一個堅持過盡千帆皆不是的星座，因為堅持，所以處女座的女人如果說了再見，就一定表示再也不見！

外表剛硬如岩，內心脆弱如玻璃，善良和善變同時存在，正是處女座的基調。對愛情存有強烈的夢想與渴望，卻常常左手拿著多情、右手捧著多慮，在進攻的同時也是撤退的開始。

所以，概括的說法是不安！在愛情領域裡，不安幾乎是所有處女座女子的共同情緒。

「不安嗎？」她闔上書本，感覺睡意緩緩攀爬眼簾，沉重讓人直想閉目淪陷！可是，還不行！不能睡！她必須好好釐清自己情緒。書上說處女座有一顆最想安定的心，為什麼又說有一個最不安定的靈魂？目前，她希望在這份戀情下安定，而第三者的外遇情愛卻最容易生變！那麼，錯的並不是自己，而是這份情愛帶來的不穩定因子，讓自己沉淪在不安的氛圍中？

可是，是這個優雅貼心的已婚男人，將她從離婚婦的孤絕環境中救贖出來！她從前夫的婚姻暴力陰影下，斷然脫離時冷凝堅定如岩。只有這個她舊日童年玩伴，今日別人丈夫的男人，懂得她一顆心碎裂成一地玻璃！懂得她在離婚後的調適期間，走得步步烙印血痕。

那段時期，酒是唯一的伴侶，思念孩子，無法成眠的夜晚，烈酒可以模糊思念的錐心巨痛，讓自己在夢海深處浮沉。或者，是這個男人適時的介入，像燈塔一樣發出正面激勵的亮光，引起她泊岸的渴望。

男人雙臂伸展如一座溫暖的港灣，她平波靜浪中療傷休憩，等到有了一份穩定的工作後，她慢慢找回自信，開始了她單身貴族的生涯規畫，也終於清清楚楚看見外遇情愛虛幻的本質。

然而，這份虛幻情愛，卻發散著魅惑魔力，男人總會在短短相聚的時刻裡，投注大量的濃情蜜意，情與欲的滿足，彷彿另類美酒，更讓她為之深飲豪醉。

只等自己一人冷清獨守雙人枕頭時，她才靜得下來，一杯愛蘭白酒，一本好書，幾個貼心女伴的電話，都可以度過一個愉快的夜晚，她有意讓自己習慣一個人的世界，希望自己習慣不再付出情愛或索求情愛。

不要喝酒，不要繼續迷醉，不要愛。

她把床頭燈熄滅，屋內一片漆黑，只有窗口輕輕吐出一方雪亮月光。她瞇眼望著月光，心頭冰清儼冷！閉眼沉睡前，她悄悄的在心頭呼喊：「再見，我的男人。」

天秤座——輕頹廢美學

當那一雙遙遠卻專注的眼睛緩緩閉上，眼角一滴清淚，滑過熔岩表面般醜陋猙獰的臉頰時，心碎的人，不只是那個正在注射嗎啡的女護士。

他看見她眼底閃動的水光，看見她閉眼時一串斷線的珍珠，他在黑暗中不敢驚動，只清楚聽見她的呼吸聲裡哽咽的鼻音。他伸手過去尋找她的手，那雙手冰冰冷冷的馬上緊抓住他，漂染成金黃的一頭短髮，跟著靠上了他的肩膀。

心碎的還有身旁這個堅持輕頹廢美學的少女。

他一向不喜歡看文藝片，不管得了多少座奧斯卡金像獎都一樣。看電影嘛，就要看所謂的商業片，兩個小時內，過足聲光特效的癮，這才叫娛樂。花錢買票，還被賺去大把眼淚，弄得情緒一團糟，他誓死反對這種愚蠢的行為。

看《英倫情人》這部最文藝的文藝片，是個意外。

到了電影院門口，才知道她已經買好了票，《英倫情人》？「不會吧？看這種片子？」他看著她牛仔短褲下的長統皮鞋，皮鞋上一截閃動青春瑩潤的肌膚說。

「看得起你，才請你看這部片子，看不看？不看拉倒！」她揚起眉毛，瞪著黑白分明的大眼睛說：「我的朋友裡面，論品味，你算第一，少嚕嗦，看啦！」

這部影片，一口氣拿走奧斯卡十一項獎座！劇情纏繞著最具爭議的外遇情愛，情節雖不曲折，但導演鏡頭運用得出神入化，一份唯美哀傷的戀情，利用沙漠的荒涼寂靜，襯托得感人肺腑！震撼點和衝突點非常特殊，男主角被火焚燒後的軀體極度殘酷醜陋，反而突顯了那雙眼睛深情之美，至於外遇情愛以悲劇結束，只算順了民情民意。

他最大的意外，應該是看見了身邊這個少女柔軟的另一面。

在平常和她見面的地方，醉美人KTV裡，她是一顆小辣椒！相當嗆人。他和朋友或客戶，偶爾會到這種有粉味的地方喝酒唱歌，認識了這個坐檯伴唱的公主，他並不會迷戀燈紅酒綠溫香軟玉，生意往來的應酬，所謂投其所好，他投入得相當不習慣。因此，認識了這個不准客人碰，也不索求小費，堅持純伴唱的小辣椒，他反而鬆了一口氣。

交情，介於客人和朋友之間的游離狀態，在幾次伴唱坐檯之後，倒是這顆小辣椒先認了他這個已婚男人是好朋友，值得交往。

他是她眼中穩重成熟，值得信賴的君子，他則努力維持君子形象。在他的客戶朋友間，被公認連煙花女子也會傾心相許，是另類形象的塑造，他覺得不必刻意拒絕。

也因此，他無法拒絕和這個有幾分頹廢傾向，幾分古怪美感品味的少女，有了較多的接觸，他慢慢瞭解這個少女所隱藏的內心世界。

「天秤座，擁有特立獨行的美學觀的風象星座。」他想瞭解一個人的時候，總是先從這人的星座個性基調出發，他問過她的星座之後，曾經仔細分析過。

風象星座幾乎都有飄浮不定的特質，天秤也是！任性以優雅飾之，自私卻表現得大方，多情更是以冷靜去處理，天秤女子比任何星座更能掌握表裡不一的神祕主義。

由於天秤的守護神為愛與美的維納斯，因而總是把愛情想得太美，太容易陷入！天秤座的記號，天平，原本象徵調合自制，卻常常在冷熱收放之間，失去平衡！

情路上的天秤座女子，絕對的左顧右盼，表裡不一。

去瞭解，或者去識透一個人隱藏的個性和欲望，原本就是他的工作和興趣，否則，也成不了公司裡的超級業務員。

外遇情愛，只能當電影欣賞罷了！他在黑暗中微微傾斜肩膀，少女卻順勢將整個人靠上他的胸膛，鼻尖傳來的少女髮香，彷彿春天的花朵，溫熱的呼息，則像火！帶著夏日豔陽燒燙的感覺。

「走著瞧！」他瞪著銀幕微笑著。清楚察覺自己冰封在婚姻中的一顆心，儘管煙火紅塵燎燒，不改剔透純淨。

獅子座——陽光美少女

一個男人和女人分手，他會記得的是什麼？

早春的天氣，乍暖還寒，他又一次把車子開到海濱公路，停車開門，走到最近海浪的一塊大巖石上坐著。這塊大巖石，是他和她常常並肩共看大海落日的老地方。風有一點涼，陽光卻剛剛好，適合把心情拿出來晾一晾。

記得什麼呢？她的多情？她的溫柔？還是臨別時她抿唇的倔強？她差一點把眼淚喊出來的那一聲再見？哽哽咽咽的像春天海邊的浪濤聲？

從來不知道，他的陽光美少女，會讓烏雲遮住一向晴朗的眉眼，他那彷彿奔跑在熱帶草原的小白獅子，會在他提議分手的一刻，幽怨如無辜的小貓。

她皮膚又細又白，雪般冰冷無塵，偏又是以太陽為守護星的獅子座，所以，他總是笑著叫她小白獅。

他和她在一個森林生態研習營裡認識。溪頭的孟竹林小徑，她蹦蹦跳跳的走在他前面，在活化石之稱的銀杏林下的涼亭裡，他開始和她交談。不同的大學，卻來自相同的落山風故鄉，車城和楓港，十幾公里的距離，在來自全省各地的暑期研習營同學裡，他倆是鄰居。她笑容滿面膩著他叫隔壁大哥，說要跟他結拜為兄妹，他答應得很真心。營火晚會裡，新結拜的兄妹一搭一唱，跟所有同學說了一則則恆春半島的傳奇。

紅尾伯勞和灰面鷲過境的壯美，瓊麻海岸的熱帶風情，九棚大沙漠的枯寂蒼涼——她脆亮的聲音吸引了大部分同學的注意，他也是！除了幫腔補充之外，他注意到她開朗的笑容和大幅度的肢體動作，在她白皙的膚色掩護下，竟然呈現溫柔和野性兼具的特殊魅力。

剛開始，是他被這樣的魅力吸引，留下地址電話，回到學校後，和她寫信成為他大學裡一項必修的課程。

每一個暑假和寒假，他們會相約報名各種社團活動，登山、健行、泛舟。她永遠在團體中發散光芒，吸引許多注目欣賞的眼睛。他則記住每一個向她示愛的追求者，並且真的像個大哥哥鼓勵鄰家女孩的口氣說話：「可以交個男朋友了，那個誰誰誰看起來挺不錯的！怎麼樣？妳的感覺如何？」

「我會考慮。」她總是這麼回答，臉上突然綻放的笑容，像陽光，令他不敢逼視。

為了掩飾心虛，他也會順口說一說在學校裡認識的女生，點頭之交也許說得情深意重，一次約會、一場電影，可能渲染成海誓山盟生死相許。他的確可以和一些條件不錯的女生，發展正常戀情，但他很挑剔！溫柔的太沒個性，外向的嫌潑辣……十分好的女生，他可以找出十二個拒絕的理由。

他早就發覺，在他虛構的情路上，獅子座女孩，一直真實的站在那裡。

他開始在日記上，抄錄一些女獅的星座箴言。遮遮掩掩的思念，總在夜深人靜時游絲般聚攏，把他自夢海邊緣網上岸來，用盡辦法仍舊無法入睡時，他會起來翻日記。

出生在一年四季陽光最璀璨的夏天之獅，以太陽為守護星，大方明朗，給予別人安全感是基本原型。獅子之於星座，亦如太陽之於銀河系，而太陽的功能就是散播光明和熱量，以及負責大地的甦醒，因此，獅子座屬於領導和開啟的星座，在多數人的場合裡，獅子座女子亦常常發散亮眼光芒。

無論多危險，母獅都不會選擇躲在深山或叢林，至多，牠會換個狩獵的環境！愛情的領域上，只有隱祕曲折的戀情，形成拒絕陽光的陰森洞穴，才會讓女獅為之卻步！

梗著一個口頭上結拜兄妹的結，他的愛戀是不是走入了幽深洞穴中？每看一次日記，這個疑惑，總叫他輾轉反覆，更難入睡。

他終於下定決心，鼓足勇氣，在大學畢業前的這個寒假，必須剖白自己的感情，寧願冒著被烈焰灼身的危險，也要試著把一顆太陽擁入懷裡。他再不能忍受，他的美少女將陽光遍灑在每一個仰慕者身上。

約好見面，他卻只能淡淡說祝福，撫著她的頭髮，拍拍她的肩膀，笑著說：「小妹有人照顧了，真好。以後大哥可不方便來找妳了，跟大哥說再見吧！」

她的身邊，有一個看起來靦腆害羞，卻又情深溫柔的小男生了。

短短的寒假，他在這塊大巖石上消磨了長長的時間，大海邊緣，波濤輕吟，漫天紅霞裡只有他孤獨面對落日！他愛情生命中，一顆絕美短暫的落日。

最後一道晚霞消逝前，他起身回頭，卻看見另一顆太陽！皙白的臉頰在夕陽下閃動溫潤虹彩，在他身後的另一塊巖石上，他的陽光美少女正抱膝坐著，迎著他微笑，她眼中閃動著早晨第一道曙光，清冷、燦亮、無聲。

牡羊座——烈火情人

他和她相約去爬山。

開著車子去接她，女孩身上裝備齊全，牛仔褲、登山鞋，腰上還繫著一條掛著水壺的寬皮帶。他笑了，拉著她紮得結結實實的馬尾說：「我們只是去爬山，山裡走走而已，可不是去攀越聖母峰。」

女孩斜眼看著他，不屑的表情：「穿涼鞋也能爬山嗎？你身上這套休閒服，只適合跟老人到公園裡練氣功。」

穿涼鞋果然不適合爬階梯走斜坡！尤其女孩在一個岔路口提議，分頭走！看誰先到山頂小涼亭，慢到的是小狗！他答應了之後，自己在碎石山路上滑了一跤，擦傷了膝蓋，休閒褲也弄破一個洞時，才發現這女孩果然有話直說。辛辛苦苦走到山頂，女孩早已倚著欄杆，好整以暇的在那兒欣賞風景。

他更知道這個女孩多些了，不只外表青春健美，個性也和外表一樣爽朗倔氣，也清楚知道，有幾分頹廢、幾分帥氣的自己，一定會喜歡這麼一個烈火般的情人。

他不知道，不清楚的是這個女孩，在眾多追求者中一個個打分數，而他及不及格？

那是他們的第一次約會，也是最後一次。

多年以後，這個男人成為獵艷高手，他仍然穿著涼鞋，在歡場中熟識的每一個女子的閨房走進走出，偶爾在酒後，他會說些往事：「年輕時，好喜歡爬山，和一個牡羊座的女子爬過一座又一座的高山。有一次我還摔得皮破血流。」

「牡羊座的女人怎麼樣？很漂亮嗎？」有時候，女人會這麼追問。關於星座話題，女人永遠顯得興致勃勃，反而忘了男人說出皮破血流，身為他的女人，應該表示一些些關心。

幸好男人並不在意，他只是習慣了誇張式的談話而已，倒是牡羊座女子的性格，他的確研究過：「一句話形容，血氣方剛女人心，這是女羊的基本個性，她的美，美在奔放艷麗。大自然冬眠之後，回春伊始，正是牡羊誕生時節，它的記號是向著目標突進的白羊頭部，微彎微屈的一雙羊角，恰似破土而出的兩株嫩芽，代表樂觀、進取、新生，以及滿滿的活動力。還有，牡羊的守護神是戰神阿列斯，血氣、勇氣和銳氣三者具備。火象星座的牡羊，最需要挑戰來肯定自己，在她挑戰的過程中，還有別人的掌聲激勵，那真是義無反顧，雖千萬人亦往矣！」

他枕畔的女人，剛好有個牡羊座的朋友。所以她努力的去記住男人的每一句話，希望下次有機會像個星座專家一樣，在她朋友面前秀上一段，她迫不及待的又問：「再說，再說，還有嗎？」

「剛剛說的，是牡羊女子的正面性格，所謂剛則易折，負面就是牡羊女子爆發力夠，持續力明顯不足！為了理想和目的勇往直前，卻往往只到半途，又為了另一個理想和抱負放棄！先熱後冷的情況，在牡羊女子身上周而復始。」男人伸個懶腰，準備結束話題。

「愛情呢？牡羊座的愛情會怎樣？」枕邊女人還不罷休，纏著他繼續發問。

「愛情屬互動關係之一種，比較難下定論！基本上牡羊女子會選擇外向活潑、熱力四射型陽光男孩。她最怕遇上孤僻型男人，憂鬱小生、文藝青年、藝術家先生，這些都是牡羊座女子的天敵，偏偏宿命中總是註定她將遇上這些難纏的角色！而她們的滿腔情熱，將持續到體無完膚為止！春花般明亮的牡羊女子，也只在這個時候凋零落寞如一片秋葉。」

女人突然發現她枕邊的男人，語氣中蕭索的感覺，心中微微酸疼，她輕輕的問：「你還愛著她？對不對？你一定知道她在哪裡，她過得好不好？對不對？」

男人抽出被女人枕著的手臂，挺起身子關掉床頭燈光，淡淡的說：「別喝那些陳年老醋，多少年了！誰還記得誰？睡啦！下次我說妳的星座，對了，妳還沒告訴我妳的星座。」

女人沒有回答，捲起被子轉身側睡。墨色暗夜裡，男人眼前浮起一張臉，前幾日回鄉下，見過的在故鄉小學當老師的牡羊女子，依然美艷自信的臉龐上，唇邊幾分鄙夷淡漠的微笑。

他知道，他浮滑浪子的名聲流傳在純樸鄉間，他在故鄉牡羊女子眼中的分數，永遠不及格。

永遠的錯身而過。

金牛座——冷井情深

蝴蝶蘭、星辰花，火鶴、唐棉、小楓樹。

剛走進去那家「花鄉」咖啡屋，撲鼻就是濃濃花香，眼前是一座具體而微，卻生機盎然的小花園。我第一個想到妳，想跟妳寫這封信。

那座小花園的每一種植物，妳一定都認識，才藝教室的花藝老師，認那些花名，對妳而言算小兒科吧？不過，妳知道嗎？現在流行盆栽組合，剛剛我所說的植物花卉，都是活的，種在花盆裡，但經過布置後，根本看不到花盆，這是花藝設計的旁支，許多強調自然和商業結合的店面，可是花了很多錢在這種裝潢上，直覺妳也可以接這種生意，我是問過「花鄉」咖啡屋的美麗女老闆，才知道這個訊息的，算是報了妳一條生財之道，賺了大錢，可記得請我喝咖啡！

不用問！我知道妳心裡正想著：我幹嘛去花鄉喝咖啡？也一定猜到了！第N次相親，男人帶去的。OK，完全答對。

花鄉氣氛好，簡餐一道「古味雞」更是棒極了！咖啡我外行，等妳來品評，至於相親的男人——說真的，沒什麼特殊感覺。

要有感覺，也不會把注意力放在室內裝潢了。

介紹人說：「這個小老闆穩重踏實，沒有不良嗜好，忙著事業，三十五歲了還沒交過女朋友，嫁給他就是現成的老闆娘。」第三次見面了，身家背景大致瞭解，也大致瞭解我的相親再多一次罷了。

這男人穩重是實話，又穩又重！身高一七〇不到，體重超過八十五！他倒還說得出「君子不重則不威」的話，讓我有些驚訝！「踏實」應該也是，我覺得還要加上「老實」兩字，有這種男人嗎？第三次約會，過馬路連我的手都不懂得牽一下！

老實的男人和我們無緣！聊天時老是要我扯出話題讓他接，很累人！花俏的男人，我們也不敢惹，誰知道嫁了之後要不要幫他養小老婆！算了，咱這兩頭金牛，當老來伴好了，還相什麼親？

麻煩妳有機會好好給我媽媽機會教育，以前的「老姑婆」，現在可都是一些獨立瀟灑的單身貴族，不是嗎？貴族哪，妳就是一個例證。

「金牛座女子，總給人一種距離感，就算內心如火，也不允許因為激情而毀滅一切，母牛會慢條斯理的去過濾男人的花言巧語或甜言蜜語，才決定下不下注！因為謹慎而一生遲遲不下注者，多得很。」

「人生苦短？無所謂！母牛不吃這一套，她們寧可相信，緣分若到，十步之內自有芳草。」

「冷靜到近乎冷酷的溫情主義者，十二星座中，金牛就是。」

「尤其是女性金牛座，女人的溫柔和牛脾氣的執拗揉合起來，會讓男人搞不清楚她是深沉，還是深情！瀰漫著戒懼戒慎的冷眼旁觀，絕對是母牛的個性基調。」

翻了一會兒星座性格的小冊子，我抄了前面幾段金牛個性與妳共享。我會去翻書，大概是相親的那個「君子」竟然朝我說：「晚婚或乾脆不結婚的星座，金牛座最多。」

他在嘲笑我落得需要相親的地步呢？還是我向他透露我的單身主義嚇著了他？說真的，我那時候回他一句：「胡說八道！中國人信什麼西洋占星術！」而事實上挺佩服他憨厚的外表下，還有這麼一顆敏銳的心，他說得真準！妳覺得呢？

誇他幾句，別以為我會愛上他！到如今，我確實還在懷疑，走一趟人生，是誰規定一定得結婚？

像妳，一份好職業，年休假拿來出國旅遊，說走就走！才藝教室兼差教插花，每一次看到妳，氣質高雅，從從容容，這些生活品質，有幾個當人家黃臉婆的能擁有？找個男朋友像妳的黃先生，幽默風趣又文質彬彬，某些心情低潮期，有個肩膀靠靠，這樣的日子，多好！

結婚？像簽下賣身契約！先賠出去自由，遇上不長進的老公還得做牛做馬！搞不好還有什麼婚姻暴力之類的！我確實很想效法妳，妳是最聰明的金牛座女人。

突然有個荒謬的念頭，說出來妳別笑我，別罵我！這次相親的男人，我感覺他會喜歡我，我想繼續當他的女朋友——只是女朋友！然後勸他去娶老婆，我一輩子做他的祕密情人就行。

忘了告訴妳，相親的這個男人也姓黃。

記得我們每次上KTV，一定會點唱的那首歌嗎？〈冷井情深〉！我的心，慢慢覺得它是一口冷冷的井，期待男人的熱情，讓冷井沸騰？這一生，休想！

唉！為什麼總遇不上一個能叫我情願冒險、甘心沉淪的男人？難道？冷靜到無法擁有愛情，竟是我倆金牛座女人的宿命？

算了！不說了！可以不用回信，打個電話給我，我們去花鄉喝咖啡，把兩個黃先生帶出來，OK？

雙子座──貓女

辦公室新來的會計，不到一個月，貓女的綽號，整間公司的人全叫開了。

為什麼叫「貓女」？大概我最清楚。我這個大公司的小小總務股長，剛好是她的直屬長官，至於我能不能管得動她？老實說，我不確定！至少，到目前為止，貓女還沒有對我伸出爪子。我呢？我還是秉持我一貫溫雅有禮的行事作風，上班嘛，又有什麼事情需要把人際關係弄得緊張兮兮？

貓女的本名叫吳妙蓮，很普通的名字，小名叫阿妙，至於為什麼沒叫阿蓮，有典故！據她自已解釋，她自小就喜歡貓咪，到現在還養了兩隻波斯貓。記得她剛學講話時，家裡剛好有一窩小貓，所以她學會的第一句話是「妙」！她爸爸媽媽叫她阿蓮，理都不理人！喊她一聲妙！包準眉開眼笑，所以「阿妙」這個名字，給叫到如今快三十年了。

愛貓，小名叫阿妙，跟被取了「貓女」的綽號，沒多大關係，最主要的原因，是她的確像貓！早上總在遲到邊緣才趕來上班，坐下來把眼睛瞇成一條線的樣子，令人不由自主的想到貓的慵懶柔媚！還有她的聲音，那不叫柔媚，簡直叫妖媚！軟軟嗲嗲膩膩，男人聽她講話，絕對是一種享受。

至於辦公室另外幾個女職員，可能感覺大不相同，「貓仔間出來的查某同款！」她們私底下這麼形容，貓女是她們略為修飾後用國語這麼叫她，講台語就是難聽的「貓仔」！貓女的綽號很快的傳到樓下那些工作現場的男性員工，他們上來領薪水、換健保卡等等，在樓梯門口就一路學貓叫！阿妙不以為忤，依然笑嘻嘻的公事公辦。我冷眼旁觀，阿妙進退應對，懂得分寸，倒是現場技工們，一隻隻更像饞嘴的貓！也難怪，辦公室裡幾個女性員工，就是阿妙化的妝最完整，最得體，她人原就漂亮，身材又好，打扮一下就是明艷兩字，愛美是天性，愛美人？更是男人的天性。

我比較納悶的是阿妙沒有男朋友！很沒道理。

兩個月後，阿妙成為我的得力助手。自己公司的員工別說了，再刁鑽難纏的男性技工，對她近乎唯命是從！連廠商、銀行間的人脈全建立起來，倒比她這個頭頂上司講話還有分量。

我無所謂。但比較資深的會計小姐，有時候會涼涼的朝我說：「股長，我看不用多久，她會空降到你頭上了！朝廷有人好辦事嘛！」

關於阿妙的傳言很多，有人說她是總經理的小老婆，也有人說不是，應該是副董的小老婆才對！依我看都不是！不過副董和老總兄弟倆，確定和她都熟，要說有什麼曖昧情事，我敢肯定沒有！這對經營家族企業的兄弟，風流名聲在外，但上頭還有一個董事長老爸，天大膽子也不敢把外面的女人帶進來公司。

雖然老董事長，聽說也曾年少荒唐，風月場中揮金如土過。

蜚短流長與我無關，我其實不大理會，只要阿妙能擔當責任，處理事情的手腕圓滑，不出差錯，對我而言就夠了。我知道她的出生年月日，雙子座！唯一同時擁有美麗和驕傲的星座，印證阿妙的表現，果然有些準確。

不過，在一次公司尾牙聚餐，KTV大包廂裡，我另外印證了屬於雙子座特有的複雜個性。

拿起麥克風，她唱得比誰都瘋！一首〈愛情的恰恰〉，她外套一脫，緊身短T恤和牛仔褲，無論是身材、歌聲、舞步，簡直比陳小雲更陳小雲！一下子就炒熱全場。酷女辣妹的喝采聲還沒停，她又唱一首〈蘋果花〉，神情淒楚，眼中淚水泫然欲滴，誰都承認她有心事，哀哀怨怨的心事無人知！隔一會兒，大夥兒起鬨鬧酒，她一言不發，和一個男同事連拚三杯白蘭地後又回敬三杯！把那個誇口海量的男同事一張臉全喝白了！我沒喝酒，也不能喝！我這總務股長有責任從頭到尾，清清醒醒的打理一切。

所以，我注意到阿妙拚完酒後整個人安靜下來，像貓一樣縮在沙發角落，自己倒酒又喝！老董夫婦從國外回來，一下飛機就趕到包廂向員工們敬酒。五十出頭的老董看不出年紀，風度翩翩又笑容可掬，應員工要求，爽快的點了一首歌：〈無言的結局〉。

他邀請女性員工對唱這首歌。大家眼睛全朝阿妙看！老董也彎腰向阿妙做一個邀請的手勢，牽起她的手！全場熱烈的掌聲久久不歇。

老董有一副好歌喉，阿妙當然是！在台上對唱情歌，他倆幾乎不看字幕，兩人眼神凝視膠著，情歌裡的這個「情」字，他倆真唱出來了！我偷眼看看含笑站在台下的老董夫人，那笑容好似僵了，帶點冰冰寒寒的氣息。

阿妙半醉了！我送她回去義不容辭。我在她的小套房門口道再見，她背倚著門框，歪著頭瞇眼看我，那眼神真的很像一隻波斯貓，神祕誘惑又深具危險性！她一直招手叫我靠近她，然後扳著我的肩膀，哈著酒氣在耳邊說：「股長，我想辭職了，明天我不去上班了，我好難過。」

對醉酒的人一定要說「好」或「是」！我一疊聲答應，明天再說，才把她推進去房間。不過，她所說的那個「明天」，當然已經過去很久了！阿妙這個貓女，到現在仍是我的最佳副手。

她的閒話還是很多，現在最熱門，也快要被定案的流言就是——原來她是老董的小老婆！

沒有證據的閒話，永遠是閒話，我不想管。

我只是又去翻翻雙子座的底細罷了。誕生在忽晴忽雨忽冷忽熱春夏交替之際的雙子座女人，善變、神祕、矛盾的個性與生俱來，總是在向左向右的兩種聲音中尋找自己的女雙，同時擁有兩種頻率、兩種喜好，甚至兩個以上讓她難以取捨的男人。

阿妙，我們公司的雙子座貓女，說真的，她本身就是這樣一個沒有謎底的謎題。

也許，若有答案，必須等待時間來揭曉吧！

天蠍座——愛情原罪

清晨，六點二十分。

輕霧流漾的街道上，開始有人影晃動。一些早起的老人家，慢慢走到路旁小公園的草地上，練氣功，打太極，甩手彎腰，每個老人都努力活動著他們在寒冷冬夜裡睡僵了的身體。

提早起床，買了一份早餐，她特地趕到這座小公園，並不是跟那些老人家一樣，來這兒做晨間運動。騎著摩托車迎風急馳，僵冷的身軀只是渴望一個擁抱。那疼惜愛憐的擁抱即使短暫，卻能讓她在別離的漫長冬夜裡，獨自取暖好久。

六點三十分。

她把塑膠袋裝著的早餐，掛在公園停車場上一部雅哥的後視鏡，然後回到長椅上繼續等候。這輛紅色雅哥，待會兒，會有一個身體如鐵般堅強、心腸似水般柔軟的男人，走過來開門。這男人將發現後視鏡上掛著的早餐，他一定又微笑著嘆氣，然後以溫柔的眼光，四處尋找一襲令他心疼的倩影。

他也一定會看到，離他轎車不到十五公尺，卻彷彿遠在天涯海角，孤獨守候的他的情人！他會走過來，不顧早起運動的老人家奇異的眼光，給她一個熱烈的擁抱和一個柔情深吻。

綿密寒涼的守候，只為這一剎那交會的溫暖！一生的美麗，也只為他付出得心甘情願。

她，是這個漂泊男人黑暗中的戀人。

他真是一個浪跡天涯的男人。想起初識當時，這男人的前幾封信來自沙烏地阿拉伯，後幾封信，則是由科威特發出。天方夜譚國度捎來的信息，在眾多筆友當中，特別透出神祕和新奇，她回信，無法抗拒那探索的渴望。

甚至她忍不住在筆墨之間，訴說濃膩的思念和溫柔！一個遠赴海外工作的天涯遊子，面對無邊無際的異國荒漠，他如何撫平眉眼間的滄桑？難道真的像他信裡說的：「任沙漠駝鈴帶至沙丘盡頭，若還有蹄印深淺印在心上，新的風砂會很快將它掩蓋。」

當他回國，是她要求見面，強烈的要求！見面之後，她果然看見這個風砂歷練後的男人，眉眸間撼人情弦的滄桑痕跡，她不顧一切的以溫暖的唇印，企圖抹去他的憂傷，她幾乎心痛的愛他，不管他是不是一個已婚的男人，也不管自己將陷入泥淖般的黑暗戀情中。

這男人工程人員的職業，註定他一生漂泊的生活型態，他離家去流浪，而她願意追隨，他回家休假，她則甘心守候，說服自己的天蠍座，必須蟄伏於黑暗陰森的宿命。

六點四十分。在小公園活動的老人家更多了，街上也出現騎腳踏車的學生，再五分鐘，最多十分鐘，她的男人就會下來開車上班，離家奔向一個她可以追隨的天涯。

他會回去工地宿舍等候，等候她去尋找，再攜手共賞他鄉山水的嫵媚。五年來，避開自己父母的關心，也避開他家庭妻兒可能的懷疑，讓山水去印證，他們的愛情，已經對人間義理，做了最大的讓步。

「做了最大讓步的愛情，還有罪嗎？」她曾經哭泣著問他：「為什麼你不肯給我一個承諾？說你永不離開我。」

「天蠍是最容易受黑暗戀情誘惑的星座，卻也是最痛恨她自覺不平凡的愛，淪落為一般外遇情愛。」他不肯給一個承諾，原來明白知曉她天蠍星座的性格，愛情如果是天蠍座的獵物，那麼隨時可能逃走或失控的獵物，才會讓天蠍緊抓不放。

她不懂！所以她曾經仔細的去探索自己星座的特徵。出生在秋末冬初，已帶寒意的天蠍，記號是擁有可怕毒針的毒蠍型態。牠所暗示的意義，即是沉默、私密、隱藏和蟄伏的力量，這種陰冷的力量，造就女蠍成為一個不肯安於平凡的女人。

愛情則是女蠍的原罪！狂烈處可生可死，傷心處扯肺撕肝，而一再受挫更讓女蠍欲罷不能，一則則千迴百折的戀情傳奇，總是發生在女性天蠍座身上。

「這會是傳奇戀情嗎？」她低頭看著腕錶，已經六點五十分了。如果不談未來，不問結局，甚至永遠不要奢望走入婚姻，去和心愛的男人養兒育女，那麼，目前這段沒有誓言牽絆，沒有任何負擔的愛情，的確是——青春正艷，而這男人是值得她去揮霍青春的，不平凡的浪子。

抬起頭，她看見她的漂泊男人已經站在車門旁邊，拿下她掛在後視鏡上的早餐，放到地上，輕輕的用腳撥入車底。另一邊的車門，他那個平凡的妻子，正抱著孩子，等著他來開門。

她看見一個溫馨圓滿的小家庭，看見不平凡的她的男人平凡乏味的一面！她忽然覺得——無趣。

迎著他既慌亂又僵硬的表情，她冷冷的微笑點頭！冷冷的看著他坐入車內，卻又把手伸出車外的那個遮遮掩掩的告別手勢。

愛情若是天蠍的原罪，那麼，她這女蠍在動念棄絕的一刻，為什麼竟是無悲無喜？是不是任何再傳奇的外遇情愛，根本上已經侮辱了真正的愛情？而所謂的傳奇，事實上只是一種扭曲畸變的存在？

七點整！小公園裡空蕩無人。只剩下她還在長椅上，望著那被車輪輾過的塑膠袋，怔怔的坐成一片凋零的風景。

巨蟹座——火海紅蓮

「有一種螃蟹，叫害羞蟹，潮來風來雨來人來牠都閃得很快，用逃走來保衛牠那無聊的自尊，那一雙高舉的螯，專門用來剪斷纏繞上身的情絲。」

「相對的另一種蟹類生物，叫大膽蟹！利用不斷的換殼來證明自己長大，找新工作、搬家、換新男朋友，放縱沉溺於性愛，走路的方式大剌剌，接近橫行，有點懶，潮水都沖不走！」

「害羞蟹需要別人熱情多一點，大膽蟹希望別人冷漠少一點。妳呢？妳現在渴望熱情還是冷漠？」

黃金海岸的潮汐聲息，如此逼真貼在耳邊，一線白浪永不疲倦的呼喊著要攀上岸來！

她正仔細的聽著潮聲，思緒隨著海濤遠去，身邊這個男人有關星座的發言，她是有聽沒有懂！讓他一問，倒真不知如何回答。

「巨蟹座哪有這麼複雜？不準吧？你看我這麼單純！」她避重就輕回答，反正離題不會太遠。

男人低頭瞧著女子嬌美的臉龐，捏了她一下小巧的鼻尖笑著說：「雅芳的紅牌，妳若是單純，這個世間沒壞女人了！」

「你給我閃一邊涼快！我是壞女人？我壞，你這正人君子幹嘛招惹我？」黃昏大海晚霞的艷色，彷彿一下子全落在她似笑非笑的臉上，美得令人驚心動魄。

紅唇瀲灩，逼近眼前，他忍住啜飲一口的衝動：「咳！剛剛說到哪了？巨蟹座，妳不是想多瞭解自己星座的宿命嗎？」

「你說，我聽，別叫我回答準或不準。」她輕輕的倚著他的肩膀，漂染過的金髮在風中放肆飛揚。

「巨蟹出生在一年四季中，雨水最充沛的季節，因此她的感情時而下毛毛細雨，時而雷電交加，讓愛她的男人渾身透濕，狼狽不堪！這跟她的守護星月亮有關，月的陰晴圓缺，直接牽動潮汐，巨蟹女人心情之起伏不定，就不再奇怪！」男人說的是眼前艷美女子的星座性格，卻彷彿正傾吐自己莫可奈何的心情，幾分情困的味道。

她在他的肩膀上轉頭微笑，眼波柔軟：「我很糟糕！對不對？捧我一下嘛，說一些巨蟹女人的好。」

「總是用優柔寡斷、若即若離的模糊定理來處理愛情的女蟹，絕對可以逼瘋男人！不過，巨蟹的記號，那高舉的螯，被形容是雙手擁抱子女的母親，這種高貴的情操，十二星座裡女蟹最明顯，所以充滿母性愛的女蟹，最具致命的魅力！」男人輕撫著她不安分的風中長髮說：「妳如果懷抱嬰兒，那將是人間最美的一幅畫！」

她胸口猛然一痛！凝望著大海落日的眼睛，剎時淡如暮色！勉強頂他一句：「你胡說些什麼？」卻發現聲音已哽咽，慌亂中兩頰已是熱淚奔流！

男人沒想到她反應如此強烈，近乎手足無措的說：「對不起！我說錯了什麼嗎？」

「沒事！你離我三公尺，去抽根菸，讓我靜一靜！拜託！拜託你啦！」她坐直身子，把男人推開。

夕陽浮浮沉沉，黃金海岸的沙灘上，放風箏的孩子笑語脆亮，像海濤上閃動的陽光，她拿出面紙，輕拭臉頰眼角，心底有個聲音一直重複：「不能流淚，不能——流淚。」

兩年前，扯肺撕肝的離開才滿周歲的孩子，恨如山、怨如海的一心要和結婚三年無情丈夫徹底決裂！愛與恨恍若刀砧，她日日夜夜在刀與砧間粉身碎骨！煙花火海？世人都說那是烈焰灼身的場所，但剛離婚的時候，她幾乎連命都不要，燈紅酒綠，強顏歡笑，卻正好拯救了她的地獄心情。

她的美艷，帶著楚楚可憐氣質，讓舞廳看板上長掛頭牌！男人憐香惜玉的英雄欲望，可以在圈擁著她翩翩起舞時得到滿足！誰能知曉，她隱隱作疼的傷口，永不痊癒。

浴火焚身四年後，為什麼？為什麼那骨肉分離的裂痕，依然如此如此不可觸及？

紅蓮，舞廳裡最炙手可熱的舞女紅蓮，迴旋在掌聲與閃動的霓虹中，誰又能知道，一個母親失去孩子後，斷腸碎心的真相？

堤岸斜坡，迎風佇立的男人，指縫間煙霧隨風飄散，一年來，這個近她咫尺，她偏讓一顆心遠若天涯的睿智男子，能真正懂她嗎？能夠接受她刻意隱瞞的過去，一齊攜手迎向未來嗎？

而她——甫自婚姻煉獄脫逃的女人，能夠接受還在婚姻中的男人嗎？軌外戀情，會不會又是另一個煉獄？

「三年，所有的答案延後三年再做解答。一間房子、一筆存款、一個開一家小小個性咖啡屋的美麗女主人，然後把孩子搶回來。」她朝大海張開雙手，吐一口氣在風中：「這三年，再好的男人，只是客人！火海相伴紅蓮的客人。」

她露出最動人的笑容，朝斜坡下的男人招手。這男人穩穩的踏上堤岸，摟著她纖細的腰肢，在她耳邊說：「我知道妳是哪種蟹類了！招潮蟹！招來潮水般情愛的巨蟹座女人。剛剛妳挺高胸膛，伸出雙螯擁抱大海的姿勢，好美！會叫男人神魂顛倒。」

「去你的！甜言蜜語說多了可會油嘴滑舌！你人正經，少來這一套。」她微微貼向男人的胸口，故意帶著醉意說：「不過，你灌迷湯的功夫一流，我喜歡。」

夕陽沉入大海，晚霞落下最後一抹殘紅，依偎的人影在暮色中模糊。黃金海岸邊緣的西濱公路，路燈和車燈一起點燃，流火織梭，綺媚繁華的都市之夜，拉開序幕。

一隻隻夜間活動的蟹，趁著潮水和夜色，爬上一彎微弧的沙灘，覓食。

輯　三

女人心・女人情

貞妮

曾經，我等了三個月的電話！第三個月的最後一天晚上，我睜著眼睛，守著啞啞的電話，直到天亮。

接下來的三個月，我告訴自己：別再等了！然而，每一次鈴響，我還是忍不住——想起妳。

想起妳，我也想起銀曲，想起銀曲KTV招牌上，那霓虹盤繞閃動所形成的漩渦。

1 銀曲

總共六個人，六個男人自燈火冷落的夜街，岔向一條幽深長巷，進入一扇暗色大門。

穿著西裝，打著領結的經理迎出櫃台，楚楚衣冠並未遮住一身江湖味。他回頭吆喝：「少爺，三〇七，這幾位董仔，麻煩按捺一下。」緊跟在同事後頭，上樓，眼前是一條鋪著長毛地毯的狹窄走道，讓人腳底有些發軟。壁燈不夠亮，天花板上偏又掛滿嫩黃淺紫粉紅各色小燈，眩暈出迷魅綺麗氛圍。整個走道飽脹著某種壓力，逼人耳鼓，我偷偷的嚥下幾口唾沫，才把耳鼓承受的壓迫感消除。

左顧右盼，我發現壓力來自走道兩旁那一扇扇厚重的門，那門，像關入一群獸，正咆哮衝突著！而的確是，我左側的門突然打開一線混雜著尖叫、嘶吼的熱膩氣息，宛如洶湧湍流，剎時漫入走道，擠滿！

彷佛實質的巨大湍流迎面撲來，只是彷佛，我卻被推得差點摔倒！是一名女子，長髮零亂，衣衫不整的被那湍流沖激出來，撞進我懷裡！我還沒站穩，那女子打個漩已自滑開，震耳欲聾的聲浪裡，我仍清楚聽到身後女子媚亮高喊：「帥哥，對不起！」

我沒回頭，但我眼底留著一張胭脂濃妝的繃緊的年輕臉龐，鼻端幽細盤旋的味道，必須用心辨識，才能分出酒味汗味和粉味！

推開走道末端一扇同樣形式、同樣厚重的門，進入七號房，門慢慢關上，好靜！同事們點酒叫菜，我自顧瀏覽室內擺設，靠牆的電視大螢幕最醒目，屋裡中央橫著長桌，桌上放著兩支麥克風，兩大本點歌簿，圈住長桌的沙發寬敞柔軟，足夠鬆散筋骨和埋葬意志！

我坐下來，想著，為什麼我會坐在這裡？

同事間聚餐，相邀唱歌蔚為風潮，如此方式把夜拉深，其實我不苟同！然而聚餐宴上，他們同心協力慫恿我。他們說：「別顧著看書！偶爾也要出去開開眼界。你曉得現代男人唱歌，都有漂亮寶貝在身邊拍手叫好嗎？」

甚至他們拿報紙廣告讓我看，在整版理容伴遊、油壓護膚的色情廣告裡指出一則，企圖說服我所謂的特立獨行，其實是沒跟上潮流，是落伍了。

我仍記得那則廣告寫著：「銀曲卡拉OK，包廂美淑女，休閒解勞，讓你流連忘返，美夢成真。」

2 楊花

想起銀曲，想起那首歌，想起妳說的緣分。

妳是伴唱公主，當被稱呼為「少爺」的年輕小夥子，倒好開水、遞過紙巾，並收下盤子裡的小費，妳推門進來！我一眼認出，妳就是走道上的女孩，纖美柔弱，像放大一號的瓷娃娃。妳和另外五名女子一起向我們鞠躬問候，我們帶頭的同事站起來鼓掌，拿麥克風大聲說：「歡迎美麗公主光臨，麻煩公主自己找『介意』的駙馬爺，大腿當做金交椅，坐落去沒關係啦！」

燈影柔媚，恰能讓我看清楚一張張夜妝粉臉，其中只妳少一份虛假微笑，卻突顯出一份真。這樣的感覺毫無緣由，我竟是向妳作出招手的動作！麥克風的聲音隨即響起：「第一位公主已經有人欣賞，找著駙馬爺囉。請可愛的公主先自我介紹，好不好？」

露出微笑，妳故意把短裙提得更高，屈膝矮身，擺出古典的請安姿勢。「我是貞妮，請多多指教。」清脆的嗓音，被掌聲迅速淹沒。

妳們終於入座，笑語寒喧持續好一陣子。我融不進如此矯情的熱烈氣氛，妳也只是以職業性的耳鬢廝磨，貼近我，幫我翻著歌本，詢問我喜歡哪首歌曲。

我們連點了幾首對唱情歌，貼著臉頰共用一支麥克風。妳眼波流轉，將情歌含蘊的辛酸甜美誇張演出，我在妳虛構的情愛悲喜劇裡，被妳或怨或愛的擁抱與捶打！我微笑著和你對唱，看著妳眉眼風情引燃一室歡樂；看著我的同事們用力鼓掌——那一雙雙原本恣意遊移在妳同事軀體上的手，因鼓掌而暫止肆虐！

只為這樣的冷眼，讓我成為同事眼中的異端。我能了解工程漂泊的夥伴，他們呼朋引伴共度荒莽長夜的心情，但我不同意酒色競逐是唯一的方法！我也很清楚，和夥伴相處，搭配工作時我懂分寸，不會被排擠，而他們也知曉，我看待同事情誼，一向定位於君子之交的淡如水！只因我必須堅持絕對的孤獨，才能留住宿舍一盞文學的夜燈，容我專心讀書寫稿。

習慣冷淡疏離，已成我生命中固執的姿態。交談時妳的紅唇尋向我的臉頰耳畔；沉默時妳依偎著我，像熱戀的情侶！我強自鎮定，不露慌亂神色，而一雙手無處安放，我交疊於腦後當枕靠，就這麼任憑妳婉轉秀髮散落胸前。

妳很快察覺，我是屬於哪一類客人！甚至妳毫不掩飾醉酒的疲倦，朝我耳語：「大哥，讓我休息一下好嗎？我想閉一會兒眼睛。」

划拳碰杯，大聲計較杯中殘酒的高度，然而一首首歌曲唱罷，推擠笑罵的一窩男女，總會及時暫停，鼓掌大喊安可！妳垂眉斂目，鼻息細細，極度喧囂中仍安然酣眠，夜妝的粉臉微側枕著我的膝腿，像急漩推湧後擱淺水岸的浮萍。

螢幕上出現一首〈楊花〉的鏡頭，沒人舉手，或許點歌的公主轉檯去了。我接過麥克風，試圖以歌聲詮釋〈楊花〉的歌詞意境：「人說妳似楊花，飄飛在風塵間，無人瞭解無人惜，無人憐……。」

如今社會，許多物欲橫流的陰鬱面，對我而言，一向僅止於聽聞，一個煙花女子如此真實的橫臥膝頭，算是我全新的體驗！唱著〈楊花〉的這一刻，竟有淡淡邈邈的悲傷湧塞胸臆。

〈楊花〉唱罷，掌聲中我關掉麥克風，吁一口長氣，一低頭，卻發現妳已醒著，晶亮的眼睛正放肆的看著我，說：「你搶歌喲！我沒聽過男生會唱這首女生的歌，你怎麼可以把我愛唱的歌給唱了？把我的心事也給唱了？」

3 真心

不是沉迷溫柔鄉，不是！再度尋妳，我只為赴約而來。

　　甚至我不承認妳所說的緣分。所謂緣，必須透過觀察，透過交談，觸動思緒情弦共振的頻率，彼此互相吸引了，才算有緣。我也抗拒將命定緣遇全部推給前世因果！說今生各具姿態的分合聚散，都為一了前世未竟因緣。因果輪迴之說，我更認定它只是不敢面對生命寂滅真相的宗教遁詞！人類生命的活動，何等繁複，因果輪迴四字，豈能涵括或操縱人類所有的活動？

　　而妳，妳的確單純的相信，我前世曾經欠妳一段情，萍水相逢，我才會不嫌棄的關心妳，體諒妳！

　　那夜離開銀曲，妳挽著我相送到停車場，不怕引人側目，在車旁黏黏膩膩的纏著我要我答應再去找妳。我拒絕！並且說明拒絕的理由只是我不慣涉足歡場，而一次體驗已足夠。當車門開啟的一刻，妳終於收斂了煙花女子的媚態，以受傷的眼神看著我，問我：「我們只有見一次面的緣分嗎？還是你根本瞧不起我們這種女孩子？」

　　妳的表情令人不忍，我微笑回答：「別多心，如果妳堅持，我找時間過來，一定！」

　　回程的車內，以及後來的幾天，同事們贊成和反對的都有！贊成的說他看得出來那個娃娃臉對我沒戒心，何妨假戲真做，成就一場風塵奇緣。反對的人勸我，煙花女子最懂虛情假意，我若真心相待，難免桃花劫，花錢消災！不同的說詞有共同的結論：我須懂得及時撤退。

不住溫柔鄉，也無獵艷心態，我單獨尋妳，確是赴約而來。我想讓妳明白，即使妳陷身風塵洪流，若還有一點真心尚未滅頂，就該有人因此而喝采和伸出援手。

妳不在，經理說妳有好幾檯要轉，問我換不換人？他說：「貞妮是紅牌，恐怕不能陪陳董您太久。」

我仍然要了一間廂房，獨自點歌高唱。妳推門進來，一身俏艷，滿臉明亮的笑意，認出是我，妳臉上的笑意慢慢消失，我彷彿看見妳努力堆砌的歡樂城堡，瓦解崩潰；看見妳眼底的淚光，浮盪著我熟悉的真心！

妳柔軟的靠著我，在我頰上輕吻著說：「你怎會自己一個人來？我們別唱歌，好嗎？我唱得好累了。」

關掉室內最顯眼的聲光來源，包廂突然變得寂靜而尷尬！天花板上的彩色霓虹小燈漩著閃著，讓人頭暈，耳裡滿滿是妳輕細鼻息，聽著妳的呼吸並且感受妳柔軟胸口的起伏，盤旋鼻端的妳的髮香混雜著隱約的酒氣，慢慢擴散，整個廂房，彷彿雷雨前窒悶的氣候，燥動熱鬱！我只覺得懷中溫暖的妳，逐漸變成一團叫人難以忍受的炭火！

扶起妳的肩膀，試圖以清朗的聲音叫自己清醒，我輕鬆的問妳：「怎麼？我很無聊喔？坐我的檯就昏昏欲睡？」

順著我的手勢，妳坐直身子，仍是一副慵倦柔膩姿態，然而妳更柔膩的話語，卻叫我心生警惕！

「手瘦不瘦？一直壓在脖子底下很辛苦吧？」妳微笑漸深：「我沒看錯，你是好人！一個君子。你當我男朋友，好不好？」

我們的交談，幾度中斷在妳必須轉檯的空檔裡，在那樣的空檔裡，恰能讓我冷靜思慮妳我目前的情境和一份彷彿欲待成形的戀情。

經由試煉，妳肯定我不欺暗室，真情坦率。妳也坦然直言，初次相見，那樣被寵愛尊重的感覺叫妳心動，讓妳在幾乎放棄掙扎的時候尋回尊嚴！妳說被當玩物般羞辱戲弄的日子久了，會錯以為自己就是玩物！妳需要一個不把妳當玩物的男人來提醒妳：聲色漩渦之前，止步。

這是圈套嗎？獨處包廂時我問自己，這女子把我捧成聖潔的形象，並要求救贖，是利用我的那點善念嗎？我能否找出完美的理由拒絕？若這女子確是真情真意，我的婉拒，是否將讓她對人性善美的一面徹底絕望？

真假答案，都如此殘忍，而我終究決定，寧可妳負我！

告訴妳我已婚的身分，不願、也不該再惹情債！妳沒有意外，笑著說：「男的朋友，我可沒說把你當情人。」倚著我的肩膀好一會兒，妳滿足的嘆口氣又說：「我太寂寞了！只想找個真心的朋友，說一些真心話。我知道這樣直截了當的要求會嚇著你，其實你可以拒絕，我的寂寞可能會帶給你一定的壓力和困擾，說真的，你肯再來看看我，我已經很高興了。」

轉過幾次檯，妳鼻息間的酒氣更濃！妳催促著我離開，說妳需要讓自己吐過，才能再面對客人惡意的灌酒！而妳不願意我看到妳狼狽的樣子。

妳給了我手機號碼，希望能保持聯絡，如果我肯再跟妳見面，妳也許會說個故事給我聽。把我推出房門時，妳略帶醉意的說：「我聽到你的朋友喊你作家，你是作家嗎？我要給你一個真實的愛情故事呢！可以的話，稿費我要分一半。」

櫃檯結帳時，會計小姐遞給我單子，說：「貞妮交代過，免收坐檯費。」

4 抉擇

終於我能夠明白，並不是每一個煙花女子都有一則可憐的身世，也不是一則則故事都能夠成為寫作的題材。

我同時也明白了，為什麼聲色歡場，如此魅惑人心？

單獨去一趟銀曲，懷抱一組祕密的數字號碼回來，我並未驚動任何好奇的夥伴。然而幾日來，我感覺驕傲、歡愉、思慕、期待等情緒揉成一團濃霧，流盪於我原本光風霽月的生命情境間。

濃霧裡，我追索回年少的我！領受妳依偎胸懷時的千甘萬願；妳眉眸流露愛意與信任的歡喜。深藏於理性婚姻地表下，漸被遺忘的浪漫情種，竟是因妳而冒出芽尖！我不得不承認，我被妳迷惑了。

我想到我的夥伴，長年異鄉奔波的工程人員，一個家，懸在百數十里之外，少了妻子兒女的笑語繽紛，酒後的粉味成為漂泊夜晚偶爾進駐的色彩！他們受不受誘惑呢？我看不慣他們恣意撫觸煙花女子軀體的鄙陋，認定沒有情意滋潤的肌膚之親，是最徹底的人性沉淪！而他們將如何看我呢？情意牽纏，不只傻，更是自找麻煩了？

他們勸我：「遊戲罷了，雙方各付出代價，各索取報酬，脫離那些場景，誰不是好男好女？你可別把戲給演到場外來！」

紅塵綺媚，濁流洶湧，他們泅泳自如，我判了他們推波助瀾的罪！不願隨波逐流的我，站在岸邊，能喚回多少陷溺的人心？

或許，妳是唯一掙扎著要上岸的人。

打電話給妳，未開機，進入語音信箱！妳回電時顯然宿醉未消。妳說妳很想跟我多聊聊，但妳的頭痛得快裂開了！妳叫我別早上打電話，那是妳要開始睡覺的時間。第三天我選擇妳上班時打電話，因為我不確定妳會睡到什麼時候。

妳說妳快忙翻了，有幾個「澳客」需要用心處理！不准我去銀曲找妳，並且約好隔天，我下班後到妳上班前這段期間相見。

突然感覺妳像上大夜班的女工，相當辛苦也相當敬業。

開車去接妳，卻幾乎認不出是妳！短衫長裙，薄施胭脂，顯得眉清目秀，配上嬌小身材，頗有幾分稚氣，讓我很難和夜晚妳那疲倦風塵的另一張臉重疊。

妳說想看海、聽濤。我驅車追趕著落日，在漫天紅霞裡來到海邊。就在海邊，妳說了妳的故事，然後獨自走向微濕的沙灘，留下淺淺一行腳印。我在車內等妳，看著妳的身影逐漸淡入暮色中，海濤聲不絕於耳，我靜靜思考妳的命運、妳的未來。

人在情境中，再平凡的愛情故事，當事者卻是刻骨銘心！男友中途變心，放棄和妳共築愛巢的美夢，當時情濃，愛的窩巢寫下妳的名字，當愛情遠去，妳決定獨自承擔近兩百萬的房貸！讓一間大樓套房和一段不肯遺忘的愛情，從此相伴一生。

妳這情愛女子近乎自虐的痴心，我難做論斷，只妳選擇這條急切的路子，令人擔心！浮華的社會習氣，原不該歸咎於妳，然而生命中某些艱難困頓，成為妳們奮不顧身躍入火海的理由，卻是間接助長了蕩逸之風！

我的口氣難掩譴責之意，妳沉默許久後說：「大哥，你說的我懂！可是，當時我幾乎連命都可以不要，你要原諒我。」

那一段焚心裂肺的日子，妳雖以淡漠的姿態周旋在尋歡客中，屈辱感覺卻巨大且無所遁逃！妳勉強堅持最後防線，不出場作肉體交易，這一點堅定，讓妳未曾墜落深淵。可是，妳慢慢發現，妳那屈辱的感覺日漸麻痺遙遠，當客人的手遊走在妳胸口，內心的抗拒彷彿不再激烈……妳在懸崖邊緣，有一剎那的清醒，回頭，卻看見了我！

妳同時也看見了，站在火海之前冰雪性格的妳。

「不是因為我！」撥開妳低垂的髮絲，我近乎心痛的凝視著妳：「是妳！妳一直獨力對抗環境這個大染缸潑灑給妳的顏色，其實我不懂妳的辛苦。」

回程的車上，我們沉默著。我沉默是因為我有結論：境由心轉，妳若心死，我喋喋不休的唾沫，不能給妳生機！而妳獨自漫步沙灘回來後的沉默，含帶些許不安和困惑，彷彿正面臨抉擇。

銀曲門前停車，妳環繞著我的腰，靠在我胸膛好一會兒，才溫柔卻清晰的的告訴我：「別再找我好嗎?那種地方你也少去得好!隔一段日子，等我跳出那圈子，我會跟你聯絡。三個月，超過三個月，你就別等電話了。」

銀曲KTV的招牌燈光，轉著繞著，像一個絢麗漩渦!妳慢慢、堅定的走向它，不回頭。

依玲

1

黃昏時一場驟雨，洗淨長夏空氣中燥熱的浮塵微粒，也潤濕了竹林果園農舍。蒸騰水氣添濃暮色，將白日迅急推向黑夜。

撐著柔薄花傘，傘下一張盛妝含笑的粉臉，她在日與夜交替的曖昧時分，走入小吃店，開始上班。

夜將盡，彎月西斜，星鑽滿天。她下了班，狼藉胭脂遮掩不住兩頰蒼白底色，原本秀麗眉眼和甜蜜紅唇所描繪的嫵媚風情，只剩下疲倦！而微微飄浮的步履，正透露醉意深深的祕密。她還是走出去，走出小吃店招牌看板上綺麗霓虹所形成的巨大光影，長腿短裙，伶仃清瘦的背影，淡入星光夜色中。

像一朵曇花，媚艷姿顏只在夜間招展，她叫依玲，紫玫瑰小吃店的伴酒女郎，依玲。

2

她只想單獨行走，半小時，也許一小時，單獨的行走在鄉村小路上。藉著單獨行走，走入一扇回溯既往的門，去尋找最荒涼的記憶風景！往事若是一張無情巨網，此刻她寧願被捕捉、被綑綁，彷彿因此印證現世生活苦苦掙扎後的絕望，是無可抗拒的宿命，無由申辯的因果！然後，她可以認命服輸，讓翻騰洶湧的痛苦，暫止波濤。

如果含著淚，她可以輕易開啟那扇門，而帶著醉意的腦袋，只能感覺兩邊鬢髮下的血管卜卜作響！什麼都不能想。微瞇的眼睛勉強能看清楚小路上的一窪窪水潭，她歪斜了腳步，躲閃那些水潭，卻意外發現每個水潭都倒映著一彎上弦月。

跨過一彎眉月，再跨過一彎眉月，好一陣子，她唯一能夠專心的就是嘴裡顛倒默數著的數字。

走出老長一段路了，她始終數不滿一百個月亮！那眉月卻慢慢勾動相似的情景。同樣心酸悲涼的記憶，間隔一大截時間刻度，國中嗎？她停下腳步，仔細思索後確定，是國中！國中三年級畢業旅行繳費期限前夕，她沒有錢！萬般艱難的向母親開口，惹來母親自怨自艾後呼天搶地。家庭的經濟壓力，早已逼得母親過度操勞的身體和精神，都呈現歇斯底里的狀態。她了解，可是她太想和同學一起出去旅行，想暫時逃離沉重苦難的家和放鬆自己幾天幾夜的誘惑的力量如此巨大，讓她繼續堅持糾纏！直到父親——這個家的寄生蟲，只顧著喝酒賭博偷錢的父親，鐵青著臉進來狠狠的揮了一巴掌和踹了她一腳！她鼓足勇氣渴望完成的小小的夢，終於徹底粉碎。

雙手蒙住頭臉，縮在廚房灶邊，不言不語不流淚！她抗拒母親拉扯，抿唇咬牙忍受父親竹條抽打，依舊蠻橫的蹲伏這處角落，連她最疼愛的兩個弟弟哭泣哀求，也充耳不聞！夜最深時，她看著蟑螂螞蟻爬上她眼前的那碗飯菜，看著牆角那隻窺視許久的老鼠，跑過來搶走碗裡的一片鹹魚。

第一次和現實劈面相逢，她從此知曉自己鼠蟻般卑微無助的命運。

忍住後背和大腿火辣的疼痛，她掙扎著站起來，繞過母親留下的那碗飯，開門。曬穀場的水泥地上月光如雪，泛著寒氣，她眼含熱淚，冷了心腸，決決裂裂的走出小村莊，走入荒漠般無邊無際的月光田野。

就是這一彎上弦月，掛在她年少的夜空，像一把雪亮的鐮刀，把她原該擁有青春歡樂，收割乾淨！

尚嫌幼稚的心靈，或曾控訴天地不仁。然而，當時的怨氣早已模糊，只一份酸苦記憶延續至今！那夜，她又冷又餓，半昏迷的倚臥在排水溝渠的水泥橋欄邊，父母村民在黎明微霧中尋來，她露浸霜蝕的身軀，已僵寒透濕！

少年時期唯一一次的叛逆，從此改變了她人生世路的方向！也許，她清楚她不能、也不願和那個沒有希望的家庭，一齊沉淪。逃家的念頭，終於在她國中畢業後悍然付諸行動，她打電話求職，廣告欄上仔細圈畫的都是外縣市，供膳宿。

把學校制服和幾件換洗衣褲藏入書包裡，留一張紙條在飯桌上：「我去工廠上班，會寄錢回來。」父親宿醉未醒，兩個上小學的弟弟和做水泥工的母親早已出門，她孤孤單單的往村外車站走。

走在田埂上，悽慘的淚水像伏流，在年輕生命的底層翻滾；她的人，卻只像一顆不起眼的水珠，滑入大海！她還記得，在那一大片綠綠幽幽的稻田裡工作的隔壁叔伯姨嬸，沒人抬頭，沒人挽留。

3

背倚橋欄，放軟的身軀叫水泥橋欄的稜角壓迫得肩背有些疼痛，她才自記憶大海中泅泳上岸。月更斜了，眼底水潭留不住月影，她站起來，一腳接一腳，淺淺的踢破如鏡的水面，看著水花在暗色柏油路面上互相追逐，像碎斷的珍珠，各自尋找絲繩，串出幾截互不相干的項鍊。

她拿腳尖把項鍊趕到另個路面凹處，快樂的看著四散奔逃的水珠還回來一個圓滿的鏡子。「給你們一個新的家，好不好？」她很認真的說著。

有風，輕輕，卻透衣如水！她縮了縮身子，模糊的思緒突然整個開朗，殘存酒意潮汐般退去。她醒了，如夢初醒！她發現她背倚石欄，讓悲悲涼涼的情緒引入記憶的那段時間，其實是她睡著了，而且作了一個夢，她在夢中回到過去。

夢已醒，尚留有一剎那的怔忡。她看見弦月繁星的天空；看見星月輝光裡影影綽綽的竹林農舍，空曠寂靜的水田秧苗上彷彿覆掩著層層黑紗，那黑紗底下銀線浮動，閃亮嶙峋波光。她清清楚楚的也浮上一個念頭：我在哪裡？

聲音哽在喉間，欲吐未吐，心下卻全明白了。

她在回家的路上。

4

在回家的鄉間小路上，她繼續走。

這條小路，不算太小，路邊水溝鋪上水泥板後，勉強容許兩輛車子會車。平常下班，她會在小吃店裡叫計程車，上了車，她在後座總也是閉著眼睛的時候多，但她知道，只要走過前面那幾戶人家，路會向右彎，開始走一段兩旁都是芒果樹的綠色隧道。出了隧道不遠，幾排三層樓的住宅建築，擋在紅牆瓦房仍占多數的村落前面，第二排第五間第三層樓——就是她的家。

家？她嗤笑出聲！或許只能算窩吧？一個租來的、暫時的窩。

她是單飛的候鳥，離群之後墜落荒莽異鄉，撿枝啣草，自築窩巢罷了。原本的家，山高水遠，她早已自縛回頭的羽翼；而未來，她渴想期盼的，另一個充滿甜蜜愛夢的家，卻讓她成為撲火的蛾！

愛如火，情似熱焰，焚燬她生命中的另一雙翅膀。

童年到少年，除去生活困頓的掙扎外，父母並沒有能力給她溫情，給她愛！當她在女工歲月裡成長蛻變，散發少女荳蔻甜香時，她開始感受來自異性的傾慕，以及令她憾動的真心關懷。而她需要被照顧疼惜的渴望，遠勝過情愛的魅惑！終於，工廠裡那個已有家室的經理，以世故中年特有的貼心和安全感，撒下彌天巨網，輕易的圈住她一大段豔色青春。

隱隱知道這一場畸戀，難求圓滿結局，她仍然踏入泥淖！前三年，那男人替她營造一間金屋，寵她哄她讓她像一隻無憂而尊貴的金絲雀。這三年，她的確甘願密藏在金屋中梳羽剔翎，放棄飛行風雨人間。而幸福的幻覺說服她忘記軌外戀情的險巇，第四年，她為那男人生下一個女兒。她需要一個孩子來證明她情願一生糾纏的決心。

情熱時的海誓山盟，她句句當真，多了幼嬰，愛與夢慢慢的在奶粉尿布的現實生活中流失！再三年，她總算明白，男人一直掛在嘴邊，離婚後娶她的諾言永無兌現可能。最後一場戲，主角是這男人的妻子，帶著警察入侵金屋，推桌倒椅摔碗碎盤，肆意凌辱謾罵後，她被逼著到警察局，簽下切結書！

放棄始終不肯出面擔當的——人家的丈夫，再度逃家。這次，她薄有積蓄，並且不孤單，帶著乖巧甜蜜的女兒，昂然行向詭譎世途。

灼熾一雙飛向情愛婚姻的翅膀，她真的不在乎！她只在乎落實人間後，如何替女兒披荊斬棘，闢出平直坦蕩，無憾無恨的一條道路。

5

弦月失色，星光隱遁，一線曦光如刃，畫開天幕。

開啟的天幕，翻出乳白底色，她抬頭止步，看見濛濛晨光起自小村落後頭那一排竹林，像水墨勾勒的幾筆暗影，然後極快的描出輪廓，塗抹青黛顏彩。小村瓦簷磚牆，由暗紅開始，轉眼也被刷亮，幾戶人家的窗口，陸續燃起早炊的燈火。

她低頭看一眼薄衫短裙，短裙下一雙魅亮絲襪長腿，急急加快腳步。

她不願意一身夜妝，引來任何目光停留！老農村婦，一世儉樸，而他們的浮華子弟，卻難抗拒燈紅酒綠！這中間或許有些怨與恨吧，「紫玫瑰」以農舍的名目，開張了女子坐檯的地下酒家，她是紅牌，推波助瀾的也吸引了許多農家子弟沉淪！心中藏著愧疚，所以她在租屋處，絕少露面，即使出門，總也是素白著一張臉。

她何嘗沒有怨或恨？貧困出身，逼使她提早走上坎坷世路，嘆年少無知，偏又遇人不淑！這一生再難依循正軌，選擇煙花路，其實沒有太多猶豫，她需要錢！大量的金錢讓父母兄弟喘一口氣；也讓寄養在父母家中的女兒，有個無憂無慮的童年，她更需要一筆鉅款，讓她和女兒能夠一生平安喜樂。

人欲橫流，虛誇矯飾的現世社會，尋歡男人永遠會在酒色歡場中，膨脹自己的奢華豪氣！只要隱藏好鄙視厭惡的情緒，一些奉承，一些真真假假的溫情，就不缺捧場的客人。她知道以她的姿色，無須淪落到付出肉體換取金錢的地步，她因此嚴厲把守自己設定的尺度，得罪不少客人，卻也吸引了不少客人！然而，客人的評斷她已無暇顧及，只求躲得過、逃得開身心俱毀的結局。

能不能？能不能不叫身心俱毀？

紅塵火海裡堅持霜雪冰清，她早已堅持得疲憊不堪！還有酒，酒紅妝扮唇頰艷色，酒意增添眉眼風情，卻也灼傷了她的腸胃！長夜無眠，日復一日，蒼白的臉上逐漸刻畫憔悴紋路，對鏡上妝，她止不住那青春迅疾凋零的驚心！

走入綠色隧道，兩旁的芒果樹開滿早花，一陣風吹過，冰冷露滴和微黃帶白的細碎花瓣一起灑落！晨光漸漸炙熱，背脊微有汗意，身體和腳步一樣虛乏！她仍勉強自己走快些，落花小徑上，高跟鞋托托敲響奔逃的蹄聲。

「能不能？能不能避開身心俱毀的結局？」疑惑像躡足追趕的影子，還在身後聲聲追問！

6

她終是逃不開那一雙雙鄙夷的眼睛！

騎著腳踏車，趕清早上學的高中生，和她錯身而過。她臉上的脂粉殘妝，身上裸露大片肌膚的衣著，在清純學子眼中，必定烙下「妖艷」兩字！甚至她躲入租屋處鐵門之前，還聽得到兩個小女生的耳語：酒家女。

一點點痛！那魯莽的言語，撞及初初結痂的傷口，在心頭柔軟處悶悶抽疼！

是的！一個酒家女。而一個酒家女，碰上更魯莽、更惡劣的尋歡客人，又哪裡少了？她微微苦笑，上樓。

放好熱水後，一件件卸落衣物，貼身內衣裡掉出幾張五百元的紙鈔。這是紫玫瑰酒女和酒客的遊戲之一：頒獎。也許只是一句得體的話，也許是一首歌，也或許被故意起鬨的酒客逼著獻上一個無須情意滋潤的吻！那些客人就會闊氣的說要「頒獎」，然後將紙鈔摺疊，塞入酒女的胸罩裡。

當她以柔軟的胸口賺取小費，並且容許不太過分得輕薄時，沒人知曉她的心還會滴著血！屈辱藉著佯怒佯罵發洩，其實不能完全平息情緒！她總是回到窩裡，裸著身子在熱水中浸泡許久，再裸著身子任憑冷氣慢慢吹乾肌膚上的新汗，才能尋回來那潔淨的感覺。

臨睡前，陽光已斜斜入窗，她會拉上厚重的暗色窗簾，把黑夜留住，讓一朵和霓虹燈影共爭燦爛的曇花，安靜收攏瓣蕊，墜落夢鄉。

然而今天，當她在一室昏暗中鑽入被窩，卻了無睡意！腦海裡清清楚楚浮盪著一張臉，一張木訥懇切的臉，臉上一雙牽繫她到心痛程度的——情意熱烈的眼睛。

這人只是偶爾和朋友一起來到紫玫瑰。第一次見面，她就注意到他鬱鬱寡歡的神態如此突兀的在歌聲舞影裡，靜默如局外人！他的朋友勸他酒，企圖用酒引燃他臉上的冰雪，他有酒到杯乾的豪氣，然而烈酒只燒紅他的臉龐，那眼中深幽如古井般的淡漠，波瀾不起！直到他的朋友推著她，把她搡入他的懷中。

他變成紫玫瑰的常客，每一次總點她作陪。他也給小費，偷偷的給，塞入她手心，然後她看見他疼惜的眼神，他日漸熱切的眼底情意……再然後，昨夜，他向她求婚！

喪偶兩年，一個五歲的女兒，一家婚紗攝影店的老闆，這是她所知道到的資料。他喊她「阿玲」，因為他車禍去世的妻子也叫阿玲。昨夜他在她耳邊輕輕的說：「跟我離開這個地方，好嗎？我們一起走——下半輩子。」

原本依偎著他，放軟的身子突然僵硬！她訝異的瞪著他，聽到自己微微顫抖的聲音：「你不是不賭博的嗎？你知道你的賭注有多大嗎？你在——開玩笑！」

然而她立刻相信，他肯和她共同面對過去和未來的真心！她有女兒，他說他的女兒一直吵著要個玩伴，而他和她也需要伴，兩個單親家庭，正可合成一個圓滿。

為女兒，為自己，她找不出理由拒絕這個情意真摯的男人！幸福如此毫無遮掩的靠近自己，為什麼她還是往後退、往後退？後退的原因卻只是心中一個猶猶豫豫的問號：「愛情呢？」

沒有愛能走入婚姻嗎？婚姻架構出幸福的樓閣，缺乏愛的基石，這樓閣會不會轉眼頹圮？像她缺乏愛的那次軌外戀情？

敬了他三杯酒，吻了他兩邊臉頰和唇，她丟下一句話：「給我……也給你自己多一點時間，好嗎？」

走出紫玫瑰，在破曉時分的鄉村道路上，自陰鬱童年開始走，走到眼前坎坷的煙花路途！心底最隱密、最荒涼的地方總有一個微弱的呼喊一路跟隨：「妳的黑夜有多長？妳累……不……累？」

她是累了！倦了！渴睡的眼睛裡，那男人的影像微笑引退。她看見厚實的窗簾交疊處透入一線陽光，唯一清醒的意識自黑暗中躍出！停留在那一線陽光之上，向外張望。

黑夜遠颺，窗外，正是夏日暖陽。

白雪

1

一張鋪著柔軟靠墊的搖椅，微微晃動，椅旁一張原木茶几，小桌子上只擺放一個保溫杯，保溫杯內兩葉一心的凍頂烏龍，正悄然舒展手腳。

連著三個晚上了，就這麼伴著一盞清茶，在我小套房東面的三角陽台上，把夜拉長。以指觸鍵，禁止音樂繼續纏綿流漾，再將屋內溫暖燈光全部熄滅，敞開陽台落地窗，讓清冷月華替白色大理石地板灑上一層薄霜。我在搖椅上偶一回頭，只覺室內暗處深幽如谷，亮處恍若雪嶺冰崖。

子夜的都會區，像著了火的叢林，霓虹車燈燒出大片燦爛紅塵。十五層樓的陽台，卻是人間懸崖！我在懸崖雪地上佇立瞭望前途詭譎煙嵐，是第三天了！不懂回頭的人，下一步，會不會就是粉身碎骨的命運？

三天前，妳問我：「白雪，妳真的要走？真的當越南新娘去？」

清楚妳的擔憂，不忍向妳傾吐我的懸崖心情，不忍。

2

啜一口茶，輕輕踢一下淡色珐瑯欄杆，搖椅把我的身體晃起又晃落，心，也跟著飄浮著，飄浮著。娥子，很想再一次告訴妳這樣美好的感覺，人類缺少一雙翅膀，而其實心是可以飛翔的！只要把身體放軟，擺入搖椅裡。

看過搖籃裡的嬰兒吧？他們甜蜜睡夢中的笑容，像不像剛尋回來翅膀的天使？

一直無法說服妳買一張搖椅，妳半開玩笑的說：「人間世道，我一向行得正、坐得穩的態度，搖椅？沒個性，坐了頭暈。」

婷婷也常這麼說妳：「愛情海上，娥子是唯一不暈船的女人，難怪單身貴族掛牌這麼久！」

我們三個晚婚女子，只妳拿理性來面對最感性的情愛，戀人之間痴纏癲狂的症狀，對妳而言，天生具有的免疫力！妳從來不缺男朋友，卻每個男朋友都慢慢質變成磊落俠氣的哥兒們！娥子，妳走不進婚姻，正是妳不肯為愛溫柔，為情痴迷，是不是呢？

妳說是！個性使然，除非哪天吃錯藥，脫胎換骨了，這一生單飛人世，恐怕已然註定！妳抿了抿胭脂紅唇，揚起嫌濃了些的眉：「糊裡糊塗結婚？免了吧！」

晃動的搖椅緩緩停住，飲一口茶，再輕輕踢動搖椅，濃茶入口時幾分澀苦，滑入舌間喉底慢慢化為甘醇。娥子，初升圓月在我左手邊的天空探出臉來，等了一會兒，圓月朝西邊斜了點，更亮！眼睛看著月亮，然而心中想的，腦中浮現的全是妳說話時晶晶瑩瑩的眼眸。

兩性關係中，不曾刻意背叛傳統的三個女人，都一直肯接受和期待婚姻。或許，我們只是堅持一點真，容不下虛情假意！因而狠心放任青春流逝。

怎知青春流逝的腳步，迅疾如此！就這麼讓婚姻錯身之後，山高水遠。

同樣和婚姻一再錯身而過，妳眼伸依舊清澄如水，我和婷婷不行！未識情愛真假，迷霧已先翳上雙眸，然後在摸索的途中，碰撞得身心俱是情傷！我還留有幾分清醒，不曾忘記須得保護自己，婷婷卻似浴火的鳳凰，一次次為愛焚身，一次次在灼痛中重生！她一路情愛的泥濘心情，最是讓我倆擔憂了。

這段日子，妳生命的天空裡，仍未尋來婚姻的雲彩，卻無礙妳心境上的朗朗乾坤，婷婷則甫自一場情濤中脫困，平波靜浪的療傷。輪到我，我叫妳倆掛心了！是不是？我彷彿毫不抗拒的即將接受一個男人，一個在越南經商、定居，並且回國尋找續絃對象的男人。

那天相親後，我們三人聚會，近午夜了還在小小的咖啡屋裡逗留，我交代了整個相親過程，也把那男人好好的誇了整個晚上。是的，除了必須跟這個男人遠赴越南，而越南烽煙戰火和貧窮落後的印象，讓我猶豫之外，短短的相親過程裡，幾句互相探索的言語，恍若多年舊識，今朝尋來！那熟稔，那傾心，竟是叫我甘願與他牽手，並肩踩踏未來歲月——而說不悔！

我以為……我真的以為這是我一直等，等到芳菲盡處才出現的奇緣，我不捨它輕易溜走。

3

把杯中漸冷的茶水倒掉，重新沖泡，再挑出一片CD播放，然後回到三角陽台搖椅上坐定。熱燙新茶一杯，靜靜聽著CD裡，妳和婷婷的歌聲。

記得我們共有的這片CD吧？相親後不久，我們到白河關仔嶺消磨一整天，當天晚上在一家叫「都會風情」KTV裡錄下來的。婷婷說是為我而錄製，說我去了越南，想家時拿來聽聽，鄉音可解鄉愁！記得嗎？

婷婷的歌聲，清細柔媚，有點像楊林、王菲那種氣音的唱腔，她唱〈野花〉，唱〈野草亦是花〉，把煙花女子的美麗和絕望，詮釋得令人鼻酸！婷婷仍在她朋友經營的KTV裡上班，說是會計，偶爾也客串坐檯！陪客人唱歌喝酒。我倆原本擔心她涉足這樣玩票性質的煙花路，會愈走愈深而難以回頭，但去過她上班的地方後，我們只好釋懷和同意！

一個近三十五歲的女人，粉色燈影下依然明艷動人，依然有許多男人圍繞身邊讚美追求……婷婷要的就是這種不寂寞的感覺。

尋歡作樂的男人來來去去，婷婷說她不相信找不來一個也是晚婚的好男人！

近幾年來，多少好友各有家庭後日漸疏遠，剩下我們三個單身貴族，很自然的群聚出深厚交情。關仔嶺出遊，看水火同源的奇蹟，也上大仙寺、碧雲寺焚香頂禮，那時候，我有一個荒謬的念頭：踏不進人世鴛盟，無所謂！只要有妳倆相伴作陪，我就不再孤單！

碧雲寺外廣場，大榕樹下泰國四面佛旁，我們泡一壺金萱，閒閒的聊著。嘉南平原的一大片綠意，鋪展眼前，縱橫阡陌之間，紅牆瓦厝零落散置，這些午後陽光中閃亮的屋頂，屋頂下會有農婦村夫，有野野的、大眼睛白牙齒的孩子嬉戲，一個屋頂，就是一個家庭。

山風拂蕩樹梢，妳撿起掉落茶盤上的一片黃葉，微微嘆息：「嫁不出去，找個男人生個孩子算了！到這兒來買間房子隱居。」難得見妳如此心緒蕭索，也難得聽妳語若秋風！我和婷婷含笑凝視著妳，只覺午後陽光落在身上，好冷好冷。

終於瞭解，即使三人結伴，瀟灑笑談山水，不走一遭婚姻紅塵，我們仍有難以擺脫的遺憾；有無處遁逃的寂寞！所以，娥子，我答應了相親男人的求婚！情愛世界，我一貫的牽纏敏銳，讓妳倆笑說我有潔癖，容不下一點瑕疵。執意尋找完美愛情，唯一的代價就是青春蹉跎，這一次，我確實以感覺下注，作一場豪賭。

為情愛婚姻遠走天涯，雖然讓我惶恐，惶恐中卻也有幾分慶幸。當我走不好婚姻路；

當我千山萬水獨自歸來，將沒人知曉我為婚姻所承受的苦難，更不必叫所有關心我的人為我煩憂！包括妳和婷婷……

前幾天剛看完一本書，書名是《愛，不必怕承諾》。看完後只深深一種體悟：我們都太害怕承諾！因為承諾婚姻，就必須和三十幾年來的單身生活告別，如果愛情的力量又不足以推動我們理性思索的腳步，終究會讓我們失去「顛覆」習慣的勇氣。而單身，豈不是一種習慣？一種我們難戒難離的癮？

我要走入婚姻了！娥子，承諾相伴那男人一生，答應移居越南，我其實已把自己的退路拋棄！不容回頭的人，只准許昂然前行。

如此隱微的懸崖心情，輕聲提醒我：是的，即使粉身碎骨！是歡喜做，就甘願受。

4

一朵浮雲輕巧走過，三角陽台上有一剎那的昏暗。

我閉著眼睛，靜靜傾聽妳和婷婷的歌聲，曲詞歌韻，訴不盡情味。睜開眼睛，浮雲已過，天心一輪明月。心情突然開朗起來。

喝口茶，晃一下搖椅，再喝一口茶，再晃一下搖椅，月光把陽台地板映成一方水塘，我的影子在如水月光裡無聲無息的搖動。娥子，此刻我想到命運！長久以來，面對情愛的發生或結束，我們三人異口同聲說隨緣，緣命未遇莫強求，命隨運轉如浮萍等等……而現在，我卻偷偷嘲笑往昔的宿命論調，不再相信蒼天暗藏祕笈，萬民悲喜怨憎，任由那造化小兒信筆塗抹！

面對相親男人，我若搖頭，婚姻就是我輕吁之後的一聲無緣！我點頭了，準備迎向人間燈火，婚姻隨即與我熱情擁抱。信筆揮灑的是我，不是命運！至多是我選錯了筆，錯用了顏色，多添生命一抹暗影罷了。

娥子，其實我想說說妳。妳以女兒身，和許多男子結交兄弟情，妳的理由是無人懂妳溫柔面目！不是這樣的，不是！妳眉眼英氣和建設公司設計部主管的職位，讓妳透出幾分女強人的味道、幾分凜然不可侵犯的氣勢，與妳相交的男人，只好將情愛密藏！

妳若肯低頭斂眉，溫言軟語說甘願，又怎會蹉跎至今？

我也懂婷婷。婷婷太容易說甘願，偏又痴心無怨且目不斜視！她跳過了互相探索認知的朋友階段，直接在情愛世界裡才慢慢察覺她的男人如此不堪！由察知到捨棄的過程一再重演，這是她如今仍浮沉情海，遍嘗綺麗痛切，卻猶遲遲不能攀登婚姻彼岸的原因。

妳需要一點點熱，婷婷需要一點點冷！

太多和我們一樣的晚婚女子，為情為愛甘為第三者的命運，不但成為世情義理驅逐謾罵的人間遊魂，更被冠上「單身公害」的罪名而無處喊冤！幸好我們三個都不是。清楚所謂的姻緣，任由自己取捨，調整一下自己的個性，婚姻，並非遙不可及。

進入婚姻，慢慢磨平多稜多角的個性，不就是夫婦之道不可或缺的一課嗎？

別笑我，娥子，好像我因「相親」而決定進入婚姻，連思考也弄個「古早味」出來！我……其實我一直尋找理由說服自己，預先做好心理建設。收起現代女人的傲氣，學習傳統女子的認命，試著走走看婚姻路，我這麼說，妳是不是就不會笑我而——疼惜我？

三個晚上，我看著一輪明月千思萬想，只盼此生唯一的缺憾，能夠補個圓滿。明天起，我不再以茶代酒，舉杯邀月了，和那男人頻繁的約會，將會占據我大部分的時間，而且從明天開始，月會起得遲些，會由盈轉虧，漸瘦如鉤。

那也不是我愛看、該看的月。

壺底餘茶失去溫度後，變得又澀又苦！娥子，我就這麼含著一口「苦茶」，雙肘靠在陽台欄杆上，俯身望著依舊熱烈喧囂的都會景緻，心中浮動著淡淡渺渺的別離情緒。

新建的小北夜市和永遠人潮擁擠的東帝士商圈，鋪陳出海島繁華燦亮的極致！十五層樓的高度，把車聲人聲模糊了，我只是瞧著大片的霓虹燈影，卻也讓這一大片我們熟悉的、喜愛的煙火紅塵，在眼底慢慢模糊……娥子，離開妳，離開三十幾年來慣看的喧嘩市街，我溢蕩的淚光真是——捨不得。

相親男人描述過越南，也談到他的山中別墅，雲白山青、鳥語花香，他說打開窗戶就馬上讓人想起這兩個形容詞，一間成衣廠，坐落在胡志明市郊，因為那邊人工真的很便宜。這男人在商場上磨練得精明沉穩，喪偶多年後，面對新的情愛卻顯得羞赧溫柔！我是真心想疼惜他，一個旅居國外的單身男人，他內心的寂寞需要有人瞭解，而且，我喜歡他說的那棟別墅。

我是確定，當越南新娘去了，捨也得捨，不捨也得捨！是不是？

我們常往山裡跑。山中的空氣，可以讓肺葉盡情舒張，山中的陽光，剔透明亮，照得滿山綠樹枝清葉潤，就算天氣不好，山中微雨輕寒，看雲看霧看群峰籠煙，也是一種享受！我們一直愛極了這般塵慮盡消的感覺。甚至我們曾經有夢，三個女人，如果四十歲前找不到老公，從四十歲開始，每個月挪出一半薪水，合夥訂一間山中小木屋，待得老來隱居山林，再細數鬢間華髮，笑看青山白頭。

這個夢，有些悽涼況味，我寧可它不要實現！娥子，如今山中別墅有了，在越南！我會每年幫妳和婷婷買一次來回機票，來我的別墅度假。直到有另外兩個男人，結束妳們單身貴族的生活，幫你們付機票為止。

含在嘴裡的一口冷茶，慢慢溫熱，滑入喉間依然醇厚芳甘。娥子，也許我們等待了太久的婚姻，像冷了的苦茶，只要我們懂得如何溫熱它，是不是呢？

不再讓誘惑的夜街燈光，添多我不捨的情緒，我微笑著抬頭看著圓月，直到心中喜樂安靜。娥子，也許下個月，也許下下個月，月月月圓，我相信，總有一天，妳和婷婷也會跟我一樣，望著一輪明月，向單飛的歲月告別之後，替自己圈個——圓滿。

野玫瑰

天花板上的炫閃圓燈，電視螢幕畫面轉換的光影，驅不散密閉空間裡，凝滯的昏暗。就在這昏昏暗暗的包廂內，繞著長桌的低矮沙發上，我和你，和幾個工作夥伴，幾個陌生的歡場女子，影影綽綽的坐成一幅末世團圓的景象。

番茄汁加啤酒，一杯杯血色瀲灩擺滿長桌，大家都同意，這只算飲料，潤喉用。說好唱歌前先喝酒，手碰杯子就得喝乾！所謂人生幾何，對酒當歌，得意須盡歡，今晚，誰都不准賴皮。

你朝我舉杯，傾倒入喉後照了照杯底，從包廂另個角落喊了過來：「隨意，不勉強。」

我微笑著也舉杯示意，略一沾唇又放下。你知道我不喝酒，我懂你不灌我酒的心意，酒色歡場，沒有酒來助燃，其實我倆都不適合進入。

你喝酒是因為你點了歌，高分貝的音樂聲震耳欲聾，你拿起麥克風，在更響亮的掌聲中開始唱〈望你早歸〉。有人拿起另一支麥克風，那是小鄭，趁著歌曲間奏的空檔，用哽咽哭調高喊：「安琪，我彼個心肝安琪，妳愛緊返來！妳轉檯哪會轉這呢久啊？」

你捶了攬局的夥伴一拳，小鄭藉勢倒向他身邊女人的胸懷，那女子搶過麥克風，故意發出媚蕩的聲音亂編台詞：「妳看，月娘已經要落山，喔！阮心內按怎這呢空虛，安琪，妳知影我思念妳嗎？啊……」大概是小鄭摸了那女子一把，最後一聲走了調，原本作假呻吟，變成誇張尖叫！

閉起眼睛，放鬆微笑的唇角，我讓有點疲憊的軀體，窩入柔軟沙發裡，心中微微嘆息！這就是現代版的偎紅倚翠嗎？男人尋歡，女子賣笑，在KTV的幽暗包廂內上演，我其實不忍目睹人性如此沉淪的場景。

我來，是為你而來。我想看看安琪，看看同事夥伴口中，坐你檯坐出感情的伴唱公主。

當同屬漂泊浪人的工程夥伴，在山腰宿舍區流傳耳語開始，我聽到這個煙花女子的名字和你糾纏牽扯，這讓我相當驚訝！和你相交幾年來，我明明白白的知曉你生活上的澹泊簡樸、你本性沉靜莊重的質素。一個依循正道行走的你，怎會容許生命中的任何出軌情事？

認識你，在那瓊麻海岸的恆春半島上，我們一起進入牡丹山區為水庫催生。你負責所有工程機械的保養修理，我以引擎技術專長協助你，白天，我倆是並肩作戰的黑手兄弟，你多我幾歲，腿長手長，腰桿筆直，鬢邊早生斑駁白髮，只添你穩重，不減你矯健！我更是你口中的一尾活龍，工作配合一久，也因此疊出厚厚交情。

夜晚的宿舍區，我倆毗鄰而居，你先慢跑再吃飯洗澡洗衣，看完電視新聞和一份報紙後也許打個電話，和百里外的妻子兒女聊幾句。十點之前，你會經過我的窗前，隔著窗紗丟過來一句話：「早點睡，別再熬夜了！」

恆春小鎮燈火喧囂，海隅夜街買醉的夥伴或許正計畫另尋一處溫柔鄉，讓紅袖素手斟茶醒酒。十點整，你將輕浮的落山風推出門外，熄燈就寢。而我一盞夜燈兀自亮著，繼續讀書寫稿，當我自文學思維中脫困而出，鬆乏著身軀任睡意攀爬，一牆之隔，你那規律綿長的鼾聲傳來耳邊，一起一落，恍若潮汐，慢慢的把我推向夢海邊緣。

紅塵繚繞，是是非非彷彿與你無干！這真是牡丹水庫幾年來，我所懂得的你。

我難以置信，你會涉足歡場，並且和煙花女子發展出婚外戀情！我直接問你，你一口否認：「哪有可能？大夥兒去唱唱歌，讓小姐們拍手鼓掌，添些熱鬧氣氛而已！安琪是我叫的女孩沒錯，年紀差太多，沒可能生出來感情，安啦！」

你說我為了關廟南二高工程，提早調離牡丹，所以不明白事情的來龍去脈，信了那謠言！牡丹水庫快完工時，工作量減少，同事聚餐的機會多了些，你跟著去了幾次KTV唱歌，算是四十幾年來第一遭「下海」！等到水庫完工，大夥兒調過來關廟，你跟牡丹那一票喜歡唱歌的同事出去，認識安琪，習慣叫她坐檯，不像圖新鮮的同事，小姐換來換去罷了。

知道你開始接觸綺媚風塵，雖說隱隱覺得不妥，我仍相信你能把持得住！甚至我寬容的替你找理由——半生自制律己，一無波瀾，也許你需要一點點燈紅酒綠，拿來激動生命的浪花，憑添些許媚艷虹彩，如此而已。

然而，謠言並未止息！關心你的同事有人找上我，希望我能提醒你：「逢場做戲需要知曉及時撤退！」

我也慢慢察覺，關廟宿舍區後頭丘陵山路上，一向由你帶頭的晨跑，你缺席了！而夜晚，我一如往常伏案寫稿，你回到宿舍，總已是午夜時分。

兩個月前我相信你把持得住，但或許我忽略了時間，時間的變異性！滄海桑田的轉換須得千萬年，浩瀚宇宙中兩顆流星錯身而過的光芒，卻只一瞬！兩個月？你和那煙花女子可以喁喁多少細語？可以多少次深情眸光交睫？起心動念如電光石火，你在漫長的兩個月裡，若已追回青春年少的思慕心情，並非絕無可能！

我開始觀察你，包括這一次和大夥兒一起進入你常來的這家KTV。

聲色歡場，我原本一概拒絕！無關對此一層面的歧視，而是我自己德行操守上的潔癖。我依規矩點了一名女子作陪，這名女子職業性的獻媚調笑，並未曾撩撥我澄冷的心境，我因此能夠靜靜的看著你的安琪。

也是瘦高個兒的身材，除了和你依偎對唱情歌時，讓我有一剎那你倆「匹配」的錯覺外，這女孩無論言談舉止氣韻，與你淡泊寬容的生命本質並無交集！但她年輕，帶點滾滾風塵的潑辣，彷彿人世風雨淋她一身濕，甩甩頭，就能叫髮梢再次飛揚！因而她敢纏你媚你嗔你，朝你幽深如井的心湖，肆無忌憚的丟石頭！

我知道太多的綺媚誘惑，已然彩繪出海島市街上處處閃亮招搖的霓虹，尋歡的男人也早已習慣不再遮遮掩掩！看見你讓安琪的長髮婉轉胸前，而你輕輕攬著她的細腰，我只覺得些許惋惜、些許無奈，原是山中一彎清溪，終究匯入山外洶湧濁流！

而你一向端肅沉靜的神態，更讓安琪的俗媚風情逗弄出幾分靦腆，我終於能夠瞭解，果然是時間！年輕的安琪誘引你重回年少情境，或許你真會像個多情少年一樣，再談一次戀愛。

前些日子，記得有一次下班後，你推門進入我宿舍房間，在我書桌旁的椅子上坐著。我泡茶，閒閒聊著工作上的進度安排，我很清楚你欲言又止的話語還在徘徊盤旋。我以為你只是受那謠言耳語的干擾，主動勸你堅持心中一把尺，休管他人如何評量！你靜靜聽著，眉頭仍鎖住幾分困惑！你告辭時突然問我：「去打保齡球好不好？有伴，安琪說她想打保齡球，沒人教她，我又打得不好。」

剛完成一篇散文，我必須謄稿，你還是出去了。當時未曾細想，同樣的靦腆，像極了約會少年的神采，而你的猶豫，或許是情淵愛海之前唯一清醒的片刻。

少年到中年，歲月沉深遲緩，你這個機械修護的黑手師傅，娶妻生子，在慢慢流逝的時光裡涓滴累積財富，買來磚石砌牆覆瓦，讓一個家能夠遮風避雨，這一段必須全力以赴的過程很長，你確實心無旁騖。然後，兒女成長了，傳承了父母風華且自有天地無須費心！

你和妻子漸漸缺乏共同話題之後，是不是你猛然發現，忙「夠」了，也忙「過」了！往後的日子，將是已知的平波靜浪，你因此選擇放縱自己在最後一段航程，駛向情愛的險巇海域。

你，和我們一些嫖、賭、飲難戒難絕的夥伴，應是緣於除去黑手本分的技術之外，沒有培養出能夠怡情養性的另種嗜好！舞文弄墨或種花蒔草，都能堅持一生清雅，且不管什麼時候開始都不嫌遲。我總覺得，如此淺顯易懂的道理和方法，偏是有人不肯做、看不透！

各行百業，痴癲愚傻都有，或許不該獨責黑手，也或許我只是不忍苛責你！看過安琪和你相處的情況，我能肯定你沒有獵艷的鄙陋心態。困於情愫和耽於肉欲，你屬前者。

包廂內歌聲不斷，都是情傷愛痛的台語歌曲，拚酒鬥酒也不斷，划拳的聲浪在麥克風擴大的歌聲裡拔高翻滾，誰輸誰贏，都准裝聾作啞！坐檯的女子主動偎向客人，敬業的證明伴唱公主的溫柔體貼，卻又在她們自己容許的尺度邊緣躲閃尖叫！

癲狂迷昧的亂世裡，你仍然保持微笑，彷彿不相干的人。你孤零零的坐成守候的姿態，你在等安琪！而安琪轉到別個廂房，投入別個尋歡男人的懷抱中，時間，也的確久了些。

安琪回來時，你起身相迎，她抱著你一疊聲說對不起！親了你的臉頰和拿著紙巾替你拭去胭脂唇印，然後自己斟酒，為冷落你而認罰一杯！你阻止了，湊在她耳邊說話。我看見安琪柔順的靠著你肩膀點頭，也看見她臉上的感激和你如父兄般的疼惜神情。

只是如父如兄！不是愛！我呼出一口氣，心中大石輕巧落下，點塵不驚。

我想起你曾經如此說過安琪：「那麼年輕的女孩，跟我女兒差不多年紀！就為了幫忙還清家裡的債務，來賺這種辛苦錢。她們一個晚上要喝多少酒，你知道嗎？遇到惡質的客人，眼淚和酒是要一起吞的，你知道嗎？」

每個煙花女子，背後都有一則身世！但我懷疑是否每個煙花女子都值得同情？一個人，過了二十歲之後，身體智識必已成熟到能夠掌握自己的命運，為自己的行為負責，即使環境的壓力無法逆轉，逃脫的能力該有！譬如安琪，除去墜入煙花火海，我不相信人間世道，依她年輕矯健的步伐，哪會尋不來另一條出路？

我冷漠看待這一群被浮華社會污染、虛榮短視的靈魂，你卻相信你所接觸的唯一故事，千真萬確！你同情憐憫安琪，並且真心對待，而安琪懂你嗎？懂你將她的悲苦生命擔上心頭嗎？

我覺得我必須找答案。

拉起伏在我膝頭，頗有醉意和睡意的女孩，推給你，並且告訴你我想跟安琪聊聊，借她一會兒再還。安琪跟著我走到包廂外轉角處的小客廳，皺著細眉問我：「什麼事神祕兮兮？」

從問她對你印象如何？以及她回答「正人君子」開始，十分鐘的交談後，我確知她稱呼你「大哥」，非常真心！但你只是一個好客人，不占便宜，不給壓力，所以她難免要些小手段，希望將你留在身邊。至於愛情，她很明白表示——不可能！她從不招惹有家室的男人，她的父親就是給外面的女人拐出去的，她不會跟她痛恨的女人走同一條路！而且，她終究會離開這個行業，一離開，就是徹底的和這個場所的人事物斷絕，連記憶都不留！

「想談真感情的客人，我遇過！在這個地方談感情太傻。」她淡淡的說：「我會懂得在什麼時候喊停！一句話，你可以放心。」

這個風塵女子，堅持自己的遊戲規則，對你反而是件好事。我握住安琪的手，真心誠意的替你向她說：「謝謝。」

回到包廂內，我終於放心的看著安琪又緊緊的靠著你。

然後，我插播了一首歌曲〈黑玫瑰〉。拿起麥克風，在前奏音樂聲中開口：「這首〈黑玫瑰〉，我要將它獻給安琪，和在座安琪的姐妹。希望黑暗中的玫瑰，早一日將妳們青春美麗，開放在溫暖明亮的春風裡。來賓，請用熱烈掌聲鼓勵，感恩，多謝。」

因為說了開場台詞，也因為我故意站在電視螢幕前，當我開始唱起〈黑玫瑰〉，一室喧嘩突然靜止！那片刻，我竟荒謬的察覺，整個包廂內，彷彿流盪著一絲絲——莊嚴肅穆的氛圍。

那個叫A咪的女子

黃昏，府城西區，妳我相約巨蛋觀景樓。

妳穿著一身藍。淺藍牛仔褲，割出幾道嬉皮式的裂縫，藍染V領恤衫，突顯妳白皙的膚色，蓬鬆長髮繞在手中，托住半邊臉頰，那乍然亮燦的一段頸項，相當魅惑人！

妳迎著我微笑，斜倚著沙發的姿態，三分頹廢，七分艷媚，我突然發現，妳唇角的那顆美人痣，傾斜滑入笑渦裡。

其實妳只是淺淺的笑著，那笑意卻彷彿變得極深極真，渲染了妳的歡暢！讓人忍不住要跟著妳微笑。

看著我入座，妳幫我推過來熱咖啡，說：「怎麼？不認得啦？」

「認得，妳取了一個蠻特殊的名字，A咪，中英文合併，我印象深刻。」淺啜一口咖啡，我說：「到多久了？有沒有先看看府城風景？」

第二十四層樓的觀景餐廳，聳峙在地勢平坦的府城西區，足夠稱得上登高望遠。我們在圓形餐廳的觀景迴廊繞了一圈，指認台江內海消失後，唯一留存的四草沼澤濕地，觀賞新舊安平港內停泊的漁船，更遠處，舊稱一鯤身的古堡尖塔，猶自瞭望西面大海晚霞。那是荷蘭殖民時扼守台江內海的熱蘭遮城，也是鄭成功抗拒清朝熄滅大明燈火的安平古堡！然而，孤臣無力回天，二十二年後，清將施琅艨艟巨艦長驅直入台江內海，府城終究畫歸清朝版圖……

面對歷史情境的衰敗繁華，我情難自禁！直到妳微笑著又幫我端過來咖啡，我才住口。妳瞧著我，帶點深思的表情：「當作家很辛苦吧？要懂得記得那麼多事情！」

「文人多思多想多管閒事，算是一種自討苦吃的行業！幸好我不是專業作家，沒資格說辛苦。」我想起妳約我見面的理由：「妳真想提供寫作的題材給我？妳的故事？」

「是真的！我跟白大哥提過，想單獨約你出來。就那天晚上，我說找個機會跟你聊聊，你不也答應了？」

「所以，我應約而來。」拿出紙筆，我說：「洗耳恭聽囉！」

妳先問我，妳留給我什麼感覺？

認識妳，在我生命過眼風景裡，該只算野草閒花！妳的青春艷色或許引我多看一眼，那一眼，讓我踟躕輕嘆——這樣一朵花，怎會沒人將之捧回家中供養？是如何命運撥弄，讓這朵花困入黑暗角落裡招展風情，而……無人憐惜！

漂泊生涯某些放蕩的夜晚，總不好一直拒絕工程夥伴盛情邀約，「酒味粉味你不要，就負責唱歌！沒叫公主坐檯不犯法，安啦。」妳是夥伴「小白」專屬的公主，他每次都固定捧妳的場。歡場中也有遊戲規則吧？在那段買妳鐘點的時間內，妳是他的女人，夥伴甚至朝妳大喊：「白嫂、白夫人！」

妳偶爾也點唱國語老歌，歌聲甜蜜嬌柔，煙酒情傷的台語歌曲，妳細聲細氣的唱，也能唱得哀怨纏綿。工程夥伴划拳拚酒，誰也不肯相讓，拿到麥克風卻挺客氣的推給我！我和妳迴腸盪氣的對唱情歌，這該是妳我唯一相知的交情。

妳的神情氣韻，沒有風塵味！或許因為這種感覺，我才會在舞影歌聲酒意熱切的包廂內，跟妳說過「怎麼沒人疼惜」這樣的言語。

「別的客人也會說這句話，可惜一說完就動手動腳的『疼惜』！我們這行業的女人原本就不受尊重，可我還記得你那時候說得很真心！你的眼睛不會騙人。」妳淡淡的訴說心裡藏不住些許的怨：「白大哥對我很好，但他不是個能懂女孩子心事的人。我的身分，即使付出真心，人家也當虛情假意！找知己？難！」

我瞭解妳口中的白大哥，平常我們習慣叫他小白，無關年紀，而是他那小一號的身材。人雖矮小，卻是精壯，聲音尤其宏亮，他常說海口人一定大喉嚨，要不聲音全給海浪蓋過去了！年近四十的人，性情還像大海，魯魯莽莽的興風作浪，溫柔兩字，確實談不上！

「妳該不會想從我這裡去瞭解小白吧？」背後說人是與非，絕不是我喜歡的話題。

「我跟他？配嗎？我需要瞭解他嗎？白大哥可沒說過要追求我。他要的是一夜情，很坦白的一個人。」妳大笑搖頭，唇角的痣整個漩入笑渦裡：「你們這些有老婆孩子的，最好少來招惹我！倒是有個人追我追得很緊，今天找你出來，就是希望你幫我決定——我能不能嫁？」

我沒把妳的話當真，彈著咖啡杯緣輕鬆的說：「喂，喂！交淺言深了吧？終身大事應該回去問妳父母才是，怎會問到我身上來呢？」

妳沒有回答，轉頭望向落地帷幕玻璃，看不見笑渦的側臉，沉靜端莊，頗有輕熟女的風韻。妳的背景是整個府城西區，霓虹初起，接連的車陣先自燃起一條條燈光河流，然而，妳的眼光迷迷濛濛飄得更遠，河流盡處是墨夜大海，星月無蹤，漁火未亮的那片純質的黑。

妳是認真的！妳的困惑也許深幽如夜，但我如何能懂妳、幫妳？

妳開始說妳的故事。

父母投資房地產失敗，避債逃往東部，兩個弟弟藏入鄉下親戚家，繼續就讀國中高中，妳辭去北部書局店員的工作，南下府城租屋求職，一家五口，四散飄零！唯一能夠聯絡的是電話，勉強繫住親情牽絲未斷。

一大筆債務，還等著父母親能夠東山再起，兩個弟弟的學費和生活費，妳自願扛了下來！當僅有的積蓄逐漸耗盡，妳終於輾轉哀號，投身火海。

「剛開始，屈辱灼痛的感覺，好像一天也無法忍受！現在是捱過來了，身上背負的壓力，卻讓我變成一個不能愛、不敢愛的女人！」妳幾次哽咽按住眉心，蒙緊眼瞼，始終不肯掉淚！甚至還能微笑著問我：「像不像連續劇？很平常、很俗氣的情節，而且不值得同情？」

我記得有點醉意的夥伴小白，把你抱入懷裡索吻，妳掙扎躲閃有如鷹爪下的孤雛，也記得妳被逼著喝酒時，皺緊細眉的神情！多少尋歡男人，只肯看見煙花女子盛妝的粉臉，日漸淡漠荒涼的人性，早已失去探究妳們背後身世的勇氣！

妳的家庭變故，在這競逐利益的社會亂象裡，確實不能引人同情，該負責面對的原是妳的父母，但那是妳的骨血至親！妳扯肺撕肝的痛苦因而無可逃避。我能懂妳的困境，但期限呢？妳的痛苦總該有期限吧？是不是等妳的弟弟能夠自立，才能還給妳一個敢愛能愛的平凡女子？

「還要三年，這三年我要照顧小弟，大弟當兵回來找到工作，我這姊姊才能放手。」因為有著希望，妳的神情平靜許多：「我當然不會打電話問我父母親，有人要娶我了，怎麼辦？當初我答應照顧弟弟的。」

「那就別急著嫁人。說說妳的男朋友，看說說他妳會不會快樂點？」人間苦難無有窮盡，如此劈面相逢，轉個彎吧！我想再看妳燦若春花的笑容。

妳果然開始微笑：「男朋友不是今天的話題。倒是交男朋友引發我另一個問題，知道你是作家後，就一直想聽聽你的看法。」

「一個煙花女子，能不能在歡場客人裡，挑選真心的伴侶？」這是妳的疑惑。妳擔心的是婚前口口聲聲不在乎煙花女子的身分，進入婚姻，女人的一段火海歲月，卻成為男人變心移情的藉口，輕易燒燬海誓山盟！妳說妳在那圈子裡耳聞目睹太多例證，心都寒了！

這才是連續劇的情節！一份真情的轉移，原因絕不是過去的陰影，而是婚姻生活中許多必須調適的現實問題，個性、人生觀，甚至嗜好習慣等旁枝末節。如果這個男人選擇以婚姻來救贖火海中煎熬的妳，卻又在婚姻中以妳灼痛的烙痕，作為嫌棄的理由，那麼，是這個男人心智，未臻圓熟！

我問妳：「妳肯嫁這種男人嗎？妳不需要時間去確定這個男人夠不夠條件，就一頭栽入婚姻嗎？」

「男人婚前千肯萬肯，百依百順，誰知道以後會不會變？」妳眉頭鎖住些許迷惘，隨即放開：「反正至少還要三年，我才可能嫁人，現在操這份心太早了！不過，能聽到你這麼說，我真的很高興，你搬開了我心中一塊大石頭，謝謝你！」

妳站起來，走到我身邊，被妳遮掩的府城夜景剎時開朗，街燈流火閃閃爍爍，這是怎樣的一個人間世呵？燦亮輝光為什麼總是無法照亮荒鬱暗影？像妳，妳這個叫A咪的女子。妳的笑，妳的淚！

捧著已涼的咖啡，微微嘆息出聲，耳邊卻也聽到妳的嘆息。妳突然挽著我的手臂，湊過來在我頰上輕輕一吻！帶著笑意細聲的說：「大哥，對不起！騙了你，我沒有男朋友。我認識的男人沒一個能懂我！我當你女朋友，好不好？三年！」

一口咖啡差點沒嗆了我！扭頭看妳，妳唇角那顆痣，正慢慢、慢慢旋入笑渦裡，漆黑的眸子深幽若潭，剎那間，我竟有種即將滅頂的感覺。

紅蘋公主

1

「魔鏡、魔鏡，誰是世界上最漂亮的女人？」
「喝了酒的我，我就是最漂亮的紅蘋公主。」
貼在我耳邊，妳細聲細氣的說著戲謔的言語，言語中有些許滄桑、些許辛酸。轉頭看妳，妳的紅唇緩緩滑過我的臉頰，順勢將長髮埋入我的胸懷。
低頭的一剎那，我仍來得及看見妳微瞇的眼，眼底微漾的波光；聞得到妳口鼻間溢盪的絲絲酒氣！
挪了挪身子，我讓自己坐得舒服些，也讓妳疲憊渴睡的重量放心卸落。我確定妳能放心，因為妳明白，在這處偎紅倚翠的末世場景裡，我一直是個守禮自持的君子。

2

認識妳之前，我覺得我瞭解所謂的風月場所。

那是個綺麗迷魅的世界，意志不堅的男人和自甘墮落的女人，才會耽溺其中。認識妳，妳這個KTV的坐檯公主，卻反而模糊了我對風月兩字的認知與界線。

還記得第一次和妳見面的情景。

親身涉足泥濘，只為探知此一層面深淺，豐富我寫作的題材。那一夜，在工地宿舍內，我一如往常讀書寫稿，頗覺文思枯竭，恰巧同事邀約唱歌，並且聲明要去的地方是有小姐坐檯的那種！我鼓足勇氣說：「不怕，撩落去。」

漂泊的工程夥伴，早已習慣以酒味粉味妝點荒莽長夜，可是，他們心目中一向自命清高的作家，竟肯隨波逐流，難免大感意外！臨出門時再三交代：「不准寫入文章裡！這種事情可不能公開。」

話雖如此，五六個同事仍然善盡導遊之責，充分滿足我的好奇心。包括桌面檯數的計算，坐檯公主的尺度等等。當他們在小姐名冊上發現一個新名字，大夥異口同聲說：「就這個！配成一對新人最搭調。」

包廂內，懸在天花板的圓燈旋閃著彩色光點，令人頭暈！歌聲和音樂聲迴盪在密室空間，震耳欲聾！同事和他們熟識的公主的調笑尖叫聲，在我胸口撞擊！幸好燈光迷離幽暗，遮掩我的侷促不安。

妳一樣侷促不安！妳倒酒的手勢笨拙，敬酒的笑容生澀，甚至妳依偎過來的身子，冰冷僵硬！我推開妳，小聲的說：「我第一次來，還不習慣陌生女孩投懷送抱，我們唱歌就好。」

彷彿聽到妳如釋重擔的一聲輕吁。妳眼波流轉，露出笑容，那笑容嬌俏可喜。喧嘩的燈紅酒綠中，我倆真的清清純純對唱情歌，一曲接一曲。

埋葬在胭脂濃妝下，妳那張活過來、生動的少女的臉，明亮喜悅！令人印象深刻。

3

好長一段日子不走煙花路，妳柔聲唱吟的歡顏，卻仍長懸心頭。

很難釐清這莫須有的思念情緒！一個初履火海的女子，與我相遇岸邊，我留住妳最後一刻的真摯善美，卻難免心疼，日日月月，蒸騰火燎，社會架構中最風塵的這處環境，將如何漬染妳的容顏？

有人說，大有為的政府一直雷厲風行的掃黑掃黃，成績斐然，已然遏止黃黑濁流氾濫之勢。也有人意見不同，說這海島何處不飛花？落英繽紛，怕是掃也掃不盡了！而我知道，工程夥伴們依舊尋歡作樂，夜夜笙歌。他們說：「有必要緊張嗎？我們去的那家ＫＴＶ做純的，沒資格說黃。對了，那個坐過你檯的娃娃臉，問你好幾次了，禮貌上也該去一趟吧？」

再度尋妳，有一剎那，恍若隔世相見，眉眼清楚，已非初識容顏！

妳學會了跟著起鬨叫鬧，學會了斟酒敬酒，妳嬌怯柔軟的嗓音划起酒拳，開始有幾分風塵味！酒意上湧，讓妳原本皙白的臉頰，薄暈胭脂暖色，我勸妳少喝酒，妳柔柔軟軟的倚著我，在我耳邊輕輕唸著：「魔鏡、魔鏡，誰是世界上最美的女人？」

「是我，喝了酒就不用抹胭脂、不會怕難過的紅蘋公主。」

我開始因妳而來。

有一次來得晚，妳在轉檯間被灌多了酒，胭脂紅頰上有一雙迷離醉眼！見到我，勉強露出微笑，一言不發的枕著我的膝腿，闔眼沉睡。

妳足足睡了兩個小時，包廂裡舞影歌聲，如此喧囂狂亂，並未驚動妳夢土輕塵！我脫下外套，裹緊妳的身子，卻被妳甜蜜的臉龐吸引！

垂眉歛目，鼻息細細，微翹微張的紅唇，偶爾抿緊又放鬆。妳有夢嗎？夢裡可曾尋回火海邊緣，曾經屬於妳的那一襲清純無辜的背影？

4

「好了，醒了！我們唱歌吧？」輕輕掙脫我的懷抱，妳坐直身子，帶著歉意，微笑。

拍拍妳的臉頰，我難掩幾分憐惜：「別跟客人划拳，妳沒酒量。」

妳一笑低頭，翻著點歌簿，插播了一首歌後抬頭看我：「魔鏡、魔鏡，我唱首歌給你聽，這是我最喜歡的歌喔。」

螢幕上出現歌曲〈一場夢、一首歌〉，我看著畫面上的歌詞，耳裡滿滿是妳清細哀惋的歌聲。

是不是，你攏不知影，
是不是，我無路通走，
是不是，美人無美命，
是不是，已、經、註、定……

紫色情人

說個故事給妳聽，好不好？我的故事。

這故事裡，有女人隱微的辛酸往事、堅定的柔情蜜意和小小的狡獪心思，甚至還觸犯了一點點刑法，不過，因為沉冤未雪，真相尚未大白，很難說哪一天會不會被緝捕定罪。有很多案例，追訴期間焦點慢慢模糊，一過追訴期限，罪惡終於不了了之！這樣的懸案太多了，我有沒有說錯？

像我，我就是過了追訴期限，被全世界慢慢遺忘的——可憐的犧牲品。

故事中的女人，妳幾乎天天跟她見面，也許清晨，也許夜晚，當這個高䠷美艷的女人一開門，妳領口上、衣袖上的蕾絲會歡欣的飛揚起來，像邀約，更像期待一次全心全意的擁抱。但沒有！她只是愛憐的看妳一眼，再彎腰低頭，一樣愛憐的輕撫著我光滑的肌膚，幽幽嘆息一聲，然後關門！繼續把我們鎖入無邊無際的黑暗中。

她總是挑出那俗不可耐的鵝黃淺綠，或是輕浮的桃紅粉藍！妳和我，都是既神祕又優雅的紫色系，屬於她的記憶顏色，和她記憶深處密密珍藏的一個男人。

好幾個月前，她細心熨平妳所有因長久等待而產生的皺褶，也溫柔拭去我身上時間漫淹的塵埃，再從梳妝台抽屜底層找出那支淡紫髮釵。她一邊整理，一邊微笑流淚的情景，妳還沒忘記吧？

我們從頭到腳，將這女人打扮得端莊冷艷！尤其是妳，妳更是襯托出她的肌膚，雪般潔潤瑩白。

那一夜，我們看見那俊美男子眼底的讚賞和感動，也聽到了那男人舊情難忘難續的無奈言語！我沒弄懂耶，那男人究竟是另有一份新戀情呢？還是已經結婚了？

妳一定比我瞭解！因為那男人低沉的聲音透露祕密，他說：「傻丫頭！沒想到妳還留住這洋裝和髮釵，妳果然是我永遠的紫色情人。」

女人低頭掉淚，淚水在我身上像紫色珍珠般滾動、碎裂！

那男人也看到了我！突然又緊緊的擁抱著女人，帶著更多的感動和驚奇，說：「原來妳自己買了紫色高跟鞋！該死！我當初怎會信了不能送鞋給情人的鬼話。如果那時候，連紫鞋一起買給妳，也許……我的紫色情人反而不會從我身邊跑掉了！」

這個女人不安的縮了縮足尖，粉臉微微羞紅！只有我清清楚楚，為什麼她會有這種反應。

那就是我要說的故事。我……我是被這個美麗的女人偷來的！半年前，被偷來放進衣櫃裡，擺在妳的裙襬下方。

說真的，我是一雙挺漂亮的高跟鞋，但有時候，我會質疑自己，為什麼我是「高跟」的鞋子？

滑亮的紫色鞋面，纖瘦的腰身，配上細長鋼骨鞋跟！一套上女人的腳，就會逼著女人將全身重量放在腳尖！然後為了平衡，女人必須把臀部往後翹高，到腰部折直，再挺起胸部！這樣踮著腳尖走路的奇怪姿勢，很辛苦，很不健康耶！

所以，我一直不喜歡我是高跟鞋，很不喜歡。

還沒被偷之前，我是這棟公寓三樓B座另一個年輕女孩的鞋子，她也從沒喜歡過我！

那個年輕女孩每天清晨回到B座門口時，不但疲累不堪，更常常帶著醉意！她用踢的，先踢左腳，再踢右腳，把我踢開！然後赤足走入房門。她門口的鞋櫃前面，總是歪歪斜斜的擺著許多高跟鞋。

我後來更明白了，她不只是不喜歡我，而是她自己都不喜歡自己！我這樣說妳會不會聽迷糊了？真的，她有幾分酒意時，自虐的傾向就更明顯了。

她上班的地方，裝潢奢侈華麗，尤其是舞池地板，亮得像一面鏡子。當燈光變暗，霓虹細碎光點開始灑落，滑進舞池的我，總恍如墜入銀河深處，群星就在我身前身後盤繞閃爍……

那女孩舞跳得很好，艷麗濃妝的臉龐上，笑容更甜美，所以她常常一整夜被留在舞池上，旋轉搖擺，伴著不同的男人，一曲接一曲！

只有我能清楚感覺，女孩的腿已疲倦僵硬酸痛！但跳舞是她的工作，她必須陪伴著尋歡的男人跳舞喝酒，換取金錢來填補生活或虛榮的淵壑。

她是舞女！和任何一個煙花浮沉的女子一樣，都有一則不肯與人訴說的身世。

有一天清晨，一個瘦小憔悴的中年婦人來到B座門口，她按電鈴，女孩還沒回來。這婦人就蹲在鞋櫃前，把我和一雙雙橫擺豎放的高跟鞋，配對放進鞋櫃。

隔一陣子，鞋櫃的門又打開來，婦人拿出抹布，開始用力擦亮每一雙鞋子！她把我拿在手上時，我看見她緊抿著唇，眼中有淚！然後一滴一滴落在我身上。她用力的把我擦乾擦亮，淚水又滴下來，再擦乾擦亮……直到那女孩回來。

我還記得她們短短的交談。

「媽——妳拿我的鞋子幹嘛？放回去啦！」

「阿桃，妳老實講，妳這袮是上啥咪款班？哪會去買這款鞋子？妳講啊！」

女孩的臉色明顯黯淡下來！也許是夜妝的關係，太多粉底的那張臉在清晨薄光下，彷彿帶出霜雪般的——寒涼。

她們僵了好一會兒，還是那女孩軟了聲音：「我不會去做壞事，向妳保證！我只希望爸的病早點好起來，爸好起來後我就會回家，跟以前一樣，相信我。媽……妳等我一下。」

女孩進房間很快又出來，那婦人把我放進鞋櫃，紅著眼睛接過女孩給她的一疊鈔票，默默消失在樓梯轉角處。

她們都忘了把鞋櫃關起來！而且，從那時候起，那女孩再不曾理會過我，她新買了幾雙更炫的高跟鞋，一樣清晨回來就踢在鞋櫃前面。

一雙纖柔的腳，人間世路，還有多少荊棘莽地需要踩踏？我只是她許多鞋子裡的其中一雙，又能留下她多少步步坎坷的痕印？

啊！對不起！我不該有那麼多的情緒。我說過，基本上我並不喜歡自己，而且我已經知道，穿著我的女人，都不是她們自己真心真意喜歡我，她們只是為了某些目的，才會穿上我去取悅別人！我甚至能夠感受，女孩跳舞回來，把我踢到一旁，一邊揉著她的腳踝，一邊瞪著我的那雙眼睛裡，有太多太多的怨和恨！

婦人走後好長一段日子，我懷抱著女孩眼底的怨恨，在塵埃中逐漸遺忘曾經的艷色記憶！然後——我看到另一雙充滿欣喜疼惜的眼睛！

她把姣好的臉蛋湊近我，低聲呼喊：「紫鞋！好漂亮的紫鞋。」

接下來的日子，我開始有了期待，我渴望一襲高䠷身影走近，用溫柔愛憐的眼光撫慰我的寂寞！現在，我想我也明白了，她對我的愛戀，源自於她那個喜歡紫色系列的舊日情侶。

她後來拿了個手提袋，把我裝進去！再拿出一張千元大鈔丟進鞋櫃裡。就這樣，我來到這個衣櫥角落，和妳日日夜夜作伴。

我知道她是一個善良的女人，真的知道！她拿鞋、丟錢，以及走回自己屋子時，心跳加快兩腿發軟的情景，我感覺得到！這算是不告而取，算偷竊！對不對？不過，經歷過上次她會舊情人的那一幕，我已經原諒這個女人，因陷身情愛之後的非理性行為。

唉！女人，肯為情愛而奮不顧身的，就是女人了。

妳肯不肯說她的故事？肯不肯？譬如說：她的工作？那樣艷麗的一個女人，為什麼獨居幽室，不見任何訪客？還是她鐵了心腸，寧願永遠當那男人無緣的紫色情人，卻放任青春慢慢凋謝嗎？

男人並不可靠！真的。男人永遠無法學習女人的一往無悔，他們容易喜新厭舊、容易見異思遷，更喜歡以獵艷的方式，將女人誘入情愛羅網，再自誇風流瀟灑！我在綺迷舞場裡，早已看穿識透此類鄙陋男人的鄙陋心態。

我是真的不瞭解，她和那男人的往事，但很顯然的是那男人先違背了他們之間的海誓山盟！對嗎？關於愛情，堅持的人只一個，就是我們這個可憐的紫色情人，我有沒有說錯？

信不信？太多不負責任的男人，他們連作夢都想要這樣一個痴心的紫色情人！偏偏是，女人啊，不肯清醒。

妳覺得我比較偏袒女人嗎？那正常呀，因為我是高跟鞋，誰會比一雙歷盡滄桑，踩遍炎涼世路的高跟鞋，更能了解女人的路途有多難走？

輪到妳來說故事了，好嗎？妳跟這女人的故事。

輯 四

情愛・貫古串今

〔風情篇〕蔣興哥重會珍珠衫

明朝末年時，政治黑暗，社會污濁，名人高士常有狂妄放誕之舉，整個晚明，充塞著頹廢浮奢的末世氛圍。為了使怯者勇、淫者貞、薄者敦、頑鈍者汗下，馮夢龍輯定撰述話本小說集，《喻世明言》、《警世通言》、《醒世恆言》，號稱「三言」。又有凌濛初將古今奇聞整理演化為小說兩本，《初刻拍案驚奇》、《二刻拍案驚奇》，合稱「二拍」。

三言二拍的世界裡，綺幻多采，充滿奇趣，卻有深入當時社會市井小民的生活思想，淺嚐三言二拍，即可略窺晚明浮世風情。其中最具市井風情者，當推《喻世明言》開宗第一卷：〈蔣興哥重會珍珠衫〉。故事，由一件珍珠衫，串起全篇。

三巧兒開箱取出一件寶貝，遞給陳商陳大郎道：「這件珍珠衫，是蔣明祖傳之物，暑天若穿了它，清涼透骨，此去天道正熱，正用得著，奴家把它予你做個紀念，穿了此衫，就如奴家貼體一般。」

陳大郎哭得出聲不得，軟做一堆！婦人就把衫兒親手予漢子穿下，叫丫鬟開了門戶，親自送他出門，再三珍重而別。

不管以封建禮教或現代人的角度來看，陳大郎和三巧兒都是非道德的一對姦夫淫婦！陳大郎先是驚艷而生偷香竊玉的色心，和薛牙婆百般合謀奸騙，將丈夫經商逾年不歸的寂寞三巧兒，勾動情欲而遂所願。兩人你貪我愛，如膠似漆，勝過一般夫婦。馮夢龍文中不作譴責言語，反倒略帶憐憫之意，在當時封建社會習氣下，堪稱離經叛道，大膽之至。

故事中，三巧兒遠行的丈夫蔣興哥巧遇陳大郎，兩人都是經商逐利遍走天涯，相談甚歡。陳大郎思念情切，忍不住出示珍珠衫，並藉酒意吐露戀情始末，聊解相思之苦。只有知心人，才能這般掏心掏肺，蔣興哥天性敦厚惜情，不好說破！強忍痛苦回家休妻。他夫妻倆原本十分恩愛，蔣興哥雖然氣憤，仍將三巧兒的衣物嫁奩十六大箱全數歸還。三巧兒自知不是，羞愧難當，被休返回娘家，幾次尋死覓活，都被父母攔下。

陳大郎的元配平氏，見丈夫朝暮對著珍珠衫，長吁短嘆，心知這衫兒來得蹊蹺，趁丈夫睡著，便偷了去藏起！陳大郎醒後傾箱倒篋尋遍，只差沒把房舍拆散！平氏矢口不認，啼哭爭嚷幾日，陳大郎情懷撩亂，收拾行囊銀兩，出門行商去了。回到襄陽舊路，打探三巧兒消息，圖續前緣，卻聽得三巧兒被休，轉嫁南京吳進士為妾！恰似一盆冷水當頭淋落，當下發起病來！拖了兩三個月，終是不癒。

平氏顧了船隻，前往襄陽看視丈夫，陳大郎已然病故，相伴前來的刁僕惡婢，欺她淪落異鄉，人生地疏，將金銀細軟席捲逃逸，只留得身上一件珍珠衫，又恐來路不明，未敢求售，萬般無奈之下只得賣身葬夫！恰巧蔣興哥續絃，憑媒婆撮合，迎娶容顏清麗的平氏過門，夫妻恩愛，珍珠衫得以重歸蔣家。

蔣興哥有了管家娘子，遂又放心前往廣東做買賣。合該有事！蔣興哥和一老翁認貨論價，不意扯住老翁時猛了些，將老翁扯跌，一跌便不作聲！事出無心，老翁家人卻有意打一場人命官司，定要蔣興哥一命作賠！連夜寫了狀詞，交付縣主早堂候審。

這縣主是誰？南京進士吳傑，正是三巧兒的晚老公。三巧兒名為小妾，卻因十分嬌麗艷媚，備受榮寵，吳知縣新官上任，便將她帶在身邊，同享富貴。是夜，吳知縣正在燈下將准過的狀紙細閱，三巧兒膩在一旁閒看，落難被誣者蔣興哥！想起舊日恩情，不覺痛酸，當下即珠淚漣漣，不可抑止。

吳知縣是讀書人，讀書人總有一些獃氣，所謂「君子有成人之美」裡頭的這個君子，那是非做不可！故事終了，吳知縣不僅從輕發落，還玉成他倆夫妻團圓。三巧兒捨了富貴，重回蔣興哥懷抱，只為家人平氏明媒正娶，仍做正室，三巧兒雖說初婚在前，只因休了一番，倒做了偏房！兩女姊妹相稱，芥蒂全無，從此團圓到老，風波不生。

綜觀三言二拍的小說中，少見如此曲折離奇的情節！但這篇小說所挑戰的正是僵化的傳統道德觀。蔣興哥休妻後續絃，平氏再嫁，三巧兒不只紅杏出牆，二嫁後第三嫁嫁回原夫！這些情節和覆水難收，烈女不嫁二夫等貞節觀念背道而馳，也難怪馮夢龍撰寫三言，被後世尊稱為文學里程碑式的創作。

我想起托爾斯泰的《安娜・卡列尼娜》，托爾斯泰原意為批判不貞的妻子，譴責安娜為了私情而破壞家庭。結果所有的讀者，都轉而同情那位一心追求個人幸福，卻被上流社會虛偽冷酷的道德壓力迫害的安娜！

「珍珠衫」一篇，明末市井小民愛欲風情，躍然紙上，赤裸而真實的生命溫度。比諸《安娜・卡列尼娜》的文學價值，正是不遑多讓。

〔無情篇〕趙太祖千里送京娘

斜陽餘暉，潑灑在宮殿燕尾馬脊的琉璃紅瓦上。只一會兒，薄艷流漾的霞光，迅急轉暗，像雄心熱血的消褪冷卻！宋太祖趙匡胤負手靜立金鑾殿外長廊，撫著頷下灰白長髯，輕吁短嘆。

九五至尊，人間榮華富貴到了極處，卻怎麼也留不住片刻溫潤夕照！

大宋江山已然固若金湯。登基十數年，自杯酒釋兵權之後，平荊湖、蜀、南漢，雖還有北漢偏促一隅頑抗不休，氣候並不久長。天下底定，一班朝臣武將皆說開國明君乃真命天子，為天命所歸。

真命天子？趙匡胤撫鬚微笑，胸臆微澀微苦！黃袍加身，取代後周柴氏帝位而起，真命天子何嘗有過半日清閒？南征北討、定國安邦後一回頭，卻已是髮蒼齒動、筋骨漸衰的皤然一叟。

這得與失，又該如何計算？

殘陽隱退，禁苑中宮燈一盞一盞點燃，趙匡胤仰頭觀星。東天穹蒼，初星爍閃，像極某人眼眸般晶亮，冰涼。

京娘！趙匡胤斗然憶起這個名字！是京娘，剪剪秋水般明亮的那一雙眼睛，原來，原來未曾忘懷。

暮色中，他彷彿瞧見一個昂藏英雄，騎乘神駿名駒迎面而來！「赤麒麟！」趙匡胤低聲呼喚。火樣通紅的愛馬上一騎雙乘，後背揾腮貼胸的美艷女子，正是白衣勝雪、膚若凝脂的京娘。

往事一幕幕重現。前塵若夢，舊情如煙，都到眼前。

當時匹馬隻劍，行於中原道上號召英豪。激於一時義憤，救京娘於盜賊手中，並慨然允諾護送京娘回返家門。兩人以兄妹相稱，形影不離，千里路途，為一弱質女子拒虎狼盜賊，將京娘毫髮無傷的送回家中。

不！毫髮無傷的只是京娘玉潔冰清的身軀，他趙匡胤卻無情的粉碎京娘柔情深種的一顆真心。

陷身兒女私情的京娘，一路撒嬌獻媚！推說腹痛，騎乘馬匹要他扶上扶下、挽臂勾頸，萬般旖旎。夜宿客旅，又嫌寒道熱，央他添衾減被，軟玉溫香，吹氣如蘭，豈無動情處？

然而中原大亂，群雄並起，護送京娘千里，正是對自己英雄事業的試煉。私心不讓三國英豪關雲長專美於前，雲長辭曹歸漢，護送二位嫂子過五關斬六將，一路提刀隨馬，不敢缺禮，博得千古美名。京娘一片柔情，他並非土石泥偶，又怎會不懂？如若救難女於前，卻在逆途中結為夫妻，恰似寶珠蒙塵，白玉生垢，他趙匡胤豈不是叫天下人恥笑！

京娘三番兩次剖明心跡，他因此必須斷然拒絕。京娘說：「紅拂慧眼能識英雄，況且受恩之事，愧無所報，願終身為君鋪床疊被。」

京娘又說：「不敢望與恩人婚配，得為妾婢，服侍恩人。」

他的一再拒絕，京娘終於肝腸碎斷：「妾今生不能補報大德，死當啣環結草。」

京娘，這個痴情女子，終以一疋白羅汗巾，懸梁自縊。

寒鴉歸巢，互喚啼叫聲畫過天邊夜色，趙匡胤宛然長嘆，晚風帶來寒意，拂動一頭霜雪白髮，他負手返回寢宮，微弓的背影，消失在迴廊深處。

隔日上朝，文武百官魚貫羅列，趙匡胤封敕追謚京娘為貞義夫人，並昭告天下。

只愛江山，不愛美人！黃袍加身的宋太祖，以一弱女的愛情和性命，換取個人英雄形象，世人競說太祖俠義無私，依我看，卻僅是一介冷血寡義的無情丈夫罷了。

嘆京娘自比紅拂，卻欠缺一雙慧眼！為一俗物香消玉殞，頗不值爾。

〔狂情篇〕唐解元一笑姻緣

唐伯虎點秋香，可以說是家喻戶曉的故事。

明代話本小說《警世通言・卷二十六》，繪聲繪影的描述蘇州風流才子唐伯虎，如何看中無錫華學士家中艷婢秋香，變身為奴，投奔華府，伺候伴讀華家庸碌二子，以唐伯虎這江南第一風流才子的冰雪聰明，自不難將華家二傻兄弟玩弄於股掌之間，中間因而鬧出不少笑話，更慢慢贏得原本冷若冰霜的艷婢秋香一笑、再笑、三笑而成姻緣。

明代名士，一向放誕風流，不拘小節，若有這種扮奴娶婢的事件發生，亦不足為怪。因而一卷《警世通言》，經由後人潤筆修飾，加油添醋，廣為流傳成洋洋灑灑的《三笑奇緣》小說。

小說世界，虛構人物理當栩栩如生，虛構情節亦該合情入理，一部小說，若不能叫人看了信以為真，便算不得佳構。

若依考據，唐伯虎點秋香，果然是子虛烏有。

唐寅為明代大畫家、大文學家，字子畏，別號伯虎，自稱六如居士。成化年間生於蘇州，及長以能文擅畫見稱於世。文采斐然，才氣縱橫，十六歲中秀才，二十五歲赴南京應考，高中第一名解元。當時和祝枝山、文徵明、徐昌穀，稱四才子，又和沈石田、仇十洲、文徵明，稱明代四大畫家。

因為才高遭妒，到了京師會試時，紛紛傳說唐伯虎有連中狀元的希望，被小人造謠說唐伯虎試前已向會試主考官程克勤買通關節，知曉了試題！皇帝不察，下旨將程克勤和唐伯虎緝拿刑部審問。可憐唐伯虎百口莫辯，苦打成招！被判發放浙江藩府為吏。一場科舉冤獄，讓他知道，功名富貴已成鏡花水月，遂專心一意往詩文書畫上發展，博取青史留名。

功名無望，生活三餐仍得張羅！他只好靠寫書賣畫營生。不過賣畫難致富，文章不值錢，自古以來即是如此！文人畫家，若不肯媚俗媚世，總是慘淡潦倒者多，唐伯虎也不免困厄時候。

有一年蘇州大水，豪雨如注，淹沒良田千頃，一般人三餐難繼，無以為生，書畫這等風雅之物當然乏人問津！唐伯虎甚至連柴米也買不起！他在窮愁困苦中為文自遣，描寫自己景況。文曰：「風雨兼旬，廚煙將絕，滌硯吮毫，蕭條若僧！」

「湖上水田人要種，誰來買我畫中山。」後世畫家看得此句，恐亦感同身受，心有戚戚焉。

然而，詩畫雙絕的唐伯虎，究竟仍有藝術家的豁達襟懷。生活困頓，他在居所桃花塢裡依然折枝換酒，賞花淺酌，不減輕狂。〈桃花庵歌〉中一句：「記得王陵豪傑墓，無花無酒鋤作田。」傳誦一時。

狂放，灑脫，六如居士花酒自娛，遊戲人間，卻不枉一生。

略述唐寅生平，和《三笑奇緣》小說中，那個放誕不拘文采風流的唐伯虎，你會喜歡哪一個？

我欽佩真實世界裡，六如居士詩文花酒一生輕狂，頗思見賢思齊，唯恐飢寒逼人！倒寧願唐伯虎和秋香永遠活在小說中，讓如今拘謹現實的凡夫俗子如我，領略些許古來名士的狂放多情，心願便足。

〔奇情篇〕崔待詔生死冤家

明代話本三言，百餘篇小說裡，一言以蔽之，唯「情」字而已。作者馮夢龍正是一個至情至性的人，科場失意後，曾壯志消頽，流連於青樓紅粉間。因為出入歌樓妓館，熟悉青樓女子的生活思想，遂滿懷同情與愛，將青樓故事推上文學舞台。

壯年時，得遇名妓侯慧卿，有段時期兩人情熱如火，形影不離，及至侯慧卿移情別嫁，馮夢龍極度悲痛後幡然憬悟，從此絕跡青樓，專心著述，終而成為一代文豪。

脂粉叢中脫身出來，馮夢龍筆下的女性從此細膩傳神，栩栩如生，經過名妓侯慧卿的情變巨痛，讓他對生死不易其志的愛情，有著憧憬。且看他如何投注全副心血，以生死妙筆，將宋人話本中一篇〈碾玉觀音〉，改編為《警世通言•卷八》：〈崔待詔生死冤家〉。

故事本身並不曲折，且幾近荒誕怪談！但馮夢龍將一個為了愛情，敢將生死置之度外的奇情女子璩秀娘寫活了。

話說咸安郡王是位權勢遮天的武將，他一日遊春回城，看見璩家的女兒秀秀善於繡作，便要了回郡王府做養娘。秀秀愛上了府中碾玉工匠崔寧，趁著郡王府失火混亂的機會，秀秀攜帶了金珠逃出王府，找到崔寧一齊逃往遠方，過了一年幸福恩愛的日子。

所謂好事多磨！不幸與王府郭排軍狹路相逢，郭排軍回府後告知郡王，郡王勃然大怒，下令將小夫妻倆捉來，崔寧被押送臨安府判罪，秀秀力爭不屈，被活活打死！埋在園中。

崔寧在充軍途中，又遇秀秀，兩人逃亡至建康府住下。怎知冤家果真路窄，再次讓郭排軍遇上！秀秀叫住郭排軍，義正詞嚴的大聲斥責，郭排軍且驚且懼，作聲不得。

郭排軍明知秀秀已死，百思不得其解，只好報知郡王。郡王再度派郭捉拿，秀秀冷冷的對郭排軍說：「既然如此，你們稍等，得我梳洗了同去！」一到郡王府，秀秀卻憑空消逝不見！眾人才知道秀秀原來已為鬼魂，只因一點真心未泯強度生死關卡，來與那崔寧再作夫妻。

秀秀最後對崔寧說：「我因為你，早叫郡王打死了！如今都知道我是鬼，人間已是容身不得。」起身雙手揪住崔寧，取了崔寧魂魄，到陰間永遠成就一對鬼夫妻，再無人可橫加阻撓。

如此小說情節，擺在當今，當可直斥為荒誕無稽！但在中國文學裡，神鬼仙佛又哪裡少了？一部《山海經》，一部《封神榜》，怪力亂神並未折損它的文學價值，六朝志怪後唐宋話本，許多離魂尋夫的故事雖屬道聽途說，深信萬物有情有靈的讀者看倌，卻是寧可信其有，不肯信其無的。

此卷寫作有其時代背景，毋庸考據爭辯。但看璩秀娘面對崔寧這個軟弱老實人，主動熱切的言談舉動，就要叫人耳目一新，其爭取愛情的積極態度就算現代女性也要遜色許多，何況相隔數百年，那樣一個陰鬱幽暗的傳統封建社會。

璩秀娘不管是生是死，依舊固執所愛，當真是人間奇女子。而奇女子的奇情，馮夢龍也知曉人世難容，故事安排讓秀秀和崔寧齊赴陰曹地府誠不得已也。

人世多災多難折磨，倒不如身處鬼域來得逍遙快活！也許，這正是馮夢龍藉文紓發的弦外之音吧。

〔幻情篇〕柳毅傳書龍女報恩

唐朝自李淵取代隋朝而起，歷二十朝，共兩百九十年，是中國版圖最廣、文治武功最著名的朝代之一，大唐文化名聞海內外，東鄰的日本和許多的藩邦屬國，都曾慕名派遣使者前來，藉以汲取大唐文化。

文化象徵之一為文學，屬文學範疇者詩詞曲賦之外為小說，唐人小說常常取自民間神祕誌異的傳說，其中最為膾炙人口的，該是「柳毅傳書，龍女報恩」的故事。

故事，發生於唐朝中期。

出生於中國第一大湖洞庭湖畔的柳毅，胸襟亦如洞庭湖般寬闊浩瀚，是個好學不倦的青年。

為了參加科舉以博取功名，他千里迢迢北上長安，結果卻名落孫山！幸好他生性豁達，不為一次挫敗而耿耿於懷，且難得來到天子之都，遂思想一探京城風光。

驅馬奔馳城郊，正覺風景壯麗，山勢雄偉，胯下駿馬卻似受了驚嚇，突然灑開四足狂奔不止！柳毅勒韁喝斥無效，只好由牠，那馬一直跑到山谷中，才停了下來。

谷中綠草芳菲，溪流潺潺，當中卻有一個衣裳華麗的少女正在牧羊。柳毅不只迷了路，更是按捺不住滿心的迷惑！霓裳宮裝，衣袂飄飄，看來像富貴神仙中的女子，怎會娥眉深鎖，獨處荒山？

他趨前相詢，少女眼含珠淚，說出一番話來：「奴家本是洞庭湖龍王之女，奉父母之命，下嫁涇州水神，怎奈夫婿不良，百般凌辱，並逼迫奴家在此牧羊，只盼相公高義，為奴家捎信。」

柳毅見龍王公主楚楚可憐，俠義之心油然而生，當下慨然允諾。

君子一言，快馬一鞭！柳毅隨即打消暢遊京城的念頭，日夜兼程一個多月，回返家中。一放下行李，馬上趕往洞庭湖南岸，依龍女所言，尋著岸邊那棵巨大的橘樹，在樹幹上連敲三響，只見湖水翻騰，分波裂浪，當中跳出一名執叉武士。

武士帶領柳毅走入湖底龍宮，會見洞庭龍王，告知龍女不幸的遭遇。龍王的弟弟錢塘王，是一紅色巨龍，脾氣暴烈一如錢塘怒潮！他才聽得一半，果然怒發如濤，紅色身軀騰空而起，直沒入雲端。只隔了一會兒功夫，他已帶領龍女由雲端下來，並且面有得色的說：「涇州水神？我把那個不肖的東西吃掉了！」

故事的結局，可以滿足人世欲望或想像！柳毅娶得報恩的龍女，並且分得龍女一半的壽命，而龍的壽命足足一萬年！龍宮的寶物賣入人間，一件件都是無價之寶，柳毅因此富可敵國！享盡人世富貴榮華。

捎書送信，添福添壽和神仙美眷全有了！羨煞妒煞如今送信人——我們的綠衣郵差。

天上人間，如真似幻。龍宮門戶的大橘樹上敲三下，恰似天方夜譚的一聲芝麻開門。龍女報恩深情，現代人當然不信，故而篇名幻情。但我曾經每逢大樹便敲它三下，當我青髮年少，童心未泯時。

〔深情篇〕范鰍兒雙鏡重圓

呂公問道：「令孺人何姓？是結髮還是再娶？」

鰍兒答道：「昔年亂中，曾與一宦家女子結為夫妻，逾年城破，夫妻被迫分散逃走，曾相約，苟存性命，夫不再娶，婦不再嫁。小將爾後來到信州，尋得老母，至今母子相依，未曾娶妻。」

呂公又問：「足下與孺人相約，有何為記？」

鰍兒道：「有鴛鴦寶鏡，合之為一，分之為二，夫婦各留一面。」

呂公道：「此鏡尚在否？」

鰍兒解開衣襟，在錦裹肚繫帶上解下一個繡囊，囊中藏著寶鏡。說道：「此鏡朝夕隨身，不忍少離。」

呂公取觀，遂於袖中取一鏡合之，儼若生成，范鰍兒眼見雙鏡重圓，不覺悲號失聲……

十年分散天邊雁，一旦團圓鏡裡鴛！此則傳奇發生於南宋建炎年間。其時金兵凌城，擄徽欽兩帝北上，康王泥馬渡江，棄了汴京，偏安一隅。東京一路百姓，懼怕韃虜，都跟隨車駕南渡，又被虜騎追趕！兵火之際，東逃西躲，不知拆散多少骨肉，父子夫妻，往往終身不復相見！

范鰍兒和呂公之女順哥，結藕於亂世，原本情性溫柔，容顏織麗的順哥，在夫妻離散之後，錚然展現其金玉冰雪的性格！拒王孫公子量珠求聘，誓死相護一段深情。而范鰍兒十年之間，投身軍伍後屢建戰功，在岳少保岳飛手下，一路升上指揮使之職。

白日裡持戟破敵，疆場風砂中浴血苦戰，十盪十決！而夜晚，穹蒼野帳中，放下刀劍，取出銅鏡嗟吁長嘆，嘆兵荒馬亂人海茫茫，卻何處相尋那雙情深幽柔的眼睛？

他還記得順哥如玉雙頰上的珠淚，記得順哥微帶哭泣尾韻卻又堅定的盟誓：「鴛鴦寶鏡乃君家行聘之物，妾與君共分一面，他日此鏡重圓，夫妻再合。」

破出性命，堅守一諾，蒼天作證，寶鏡為憑！范鰍兒乍見雙鏡重合！一聲長號，彷彿穿越千百載時光，刺入我耳膜，擊動我心鼓。

是的！如此一剎那，十年蝕骨銷魂的相思，十年尋覓的碎心斷腸，都到眼前！縱是昂藏七尺英雄漢，也叫那萬丈情濤盡化淚水，決堤悲湧。

呂公見范鰍兒撫鏡呆立，悲泣出聲，亦感其情意，不覺老淚縱橫，說道：「足下所娶女子，即吾女也！吾女正在家中，但日夜盼見君一面爾！」遂引鰍兒至中堂，與女兒相見。

鰍兒累官至兩准留守司，與順哥偕老，鴛鴦二鏡，子孫世傳為至寶。

這般情深義重的團圓故事，我喜歡，尤其在戰禍離亂的世代，造化洪爐，蒼生奔逃呼號，如此團圓結局，可以留給萬苦民心一點柔潤撫慰！像初月乍現的暉光，澆熄焦躁塵世的烈日飛焰，還給人間一個清寧休憩的夜晚。

〔迷情篇〕莊周鼓盆成大道

原是肌膚若雪，風姿綽約的美婦人。

此刻她杏眼圓睜，釵橫髮亂，紅唇貝齒緊緊咬住三尺青絲。巨斧高舉，斧刃月弧般冰冷森寒，斜映出她一身錦襖繡裙的新嫁吉服，草堂兩側羅列的白燭，微光淒迷如螢。柴扉在風中半掩，紙錢殘燼盤旋飛舞，彷彿來自冥間的黑蝶，散碎羽翼，鋪陳於眼前薄棺之上。

〈大劈棺〉詭厲艷魅的場景描述，讓我闔書不忍卒讀！棺裡正是莊周，掀唇冷笑，即將揭穿情愛最猙獰的面目！而一個絕世姿容的女子，露出一段皙白的藕臂，執定利斧，正一步步踏入莊周惡意布置的陷阱裡！一斧劈落，便是千古罵名。

是什麼樣的情愛牽纏？走成如此慘烈情景？我迷惑了！

莊周夢蝶，醒後兩腋風生。栩栩然有蝴蝶之意。真與幻既已看破，世情榮枯看做行雲流水，再不掛心頭，卻為什麼看婦人搧墳，就耿耿於心，非得試出自己枕邊人情意真偽不可？甚至不惜幻化為面如敷粉，唇若塗丹，俊俏無雙、風流第一的美男子，卑鄙的挑逗新寡怨婦？為什麼一定要把一個俗世弱女子逼入絕境，而這名女子又是他曾經閨房齊眉婉轉承歡的妻子！

一人得道，雞犬升天，連家中畜養的禽獸都能蒙仙家澤惠，脫去輪迴，得道成仙的莊周不思度化宿世戀侶，合藉雙修，便也罷了，卻狠毒的置自己妻子於死地，再鼓盆放歌譏嘲一番後，草堂放火，將枉死紅顏化作劫灰！

這是什麼心態？以髮妻的性命，向世人證明，莊周大道丹成，位列仙班，不為情迷嗎？他朝遊北海暮宿蒼梧，逍遙遨遊，人人都說神仙好！誰聽田齊族中之女，一傾滿心冤屈？

莊周觀婦人搧墳而見疑，已把夫妻情義一筆勾銷！詐死試妻，全不憐惜奴家芳心碎絕之痛，任憑奴家棺前呼天搶地日夜哀哭！千不該，萬不該，幻化多情楚王孫，勾引奴家最徬徨孤苦之際！如此無情丈夫，我不劈棺，誰來劈棺？

若田氏女有靈，向莊周這般啐面責問，我當撫掌讚聲：「問得好！」我不愛莊周這等棄絕人性的神仙！銀河清冷，宇宙寂涼蒼茫，無情無愛無顏無色的億萬載時光中，讓他自去長生不老！

此篇定名迷情，未識人間真情者實乃莊周！〈莊周鼓盆成大道〉出自《警世通言・卷二》，故事依據《莊子外篇・至樂》中的一小段話而成：「莊子妻死，惠子弔之，見莊子箕踞鼓盆而歌，奇而詢之……」

一段對話，只是闡明生命消逝和自然時序交替一般，生死消長堪破，又何須啼啼哭哭，莊子是豁達的思想家，當然可以鼓盆放歌。而《警世通言》作者馮夢龍，穿鑿附會，將自己的封建父權意識，強加於莊子身上，創造出「莊周」這個不知憐香惜玉的蠢愚神仙！後人不查，戲曲、話本，將劈棺艷婦說成狠毒蛇蠍，齊聲責罵，可見宣揚貞操、醜化再嫁的思想餘毒，遺禍甚為深遠。

馮夢龍處身明末，社會風氣使然，他的小說擺到現在已然落後數百年，也許不該苛責。為田氏女蒙冤忍辱，擔上罵名，如此筆墨喧呶，喋喋不休，當真是為古人擔憂了。

〔鍾情篇〕賣油郎獨占花魁

宋朝自太祖開基，太宗嗣位，歷傳七代君王，都是偃武修文，民安國泰。到了徽宗皇帝，寵信蔡京、高俅等權相佞臣，大興苑囿，專務逸樂，不以朝政為事。終而導致萬民嗟怨，金虜乘之而起，把個花般錦繡的世界，弄得七零八落。

朝政不綱，君王無道，數十年間，受苦受難的都是蒼生黎民。

亂世！翻開中國歷史，一頁頁朝代更迭，都是百姓平民斑斑血淚。幸好，還有一些深情故事，叫人一窺人性的美善與真摯。

〈賣油郎獨占花魁〉的傳奇，出自《醒世恆言‧卷三》。

亂世煙花女子，總有一則悲情身世。

花魁娘子琴棋詩畫，吹彈歌舞，件件皆精，更兼容顏嬌麗體態輕盈，臨安城中王孫公子貴客豪門，無不趨之若鶩，盛名之下，朝歡暮樂，真個是口厭肥甘，身嫌錦繡。

然而她的出身卻苦！汴梁逃難時，被亂軍衝散，十二歲的少女離了爹娘，四處逃躲虎狼般的士兵盜賊。逢著同村的大叔，患難之際舉目無親，見了自小熟識的近鄰，分明見了親人一般！哪知逃了虎狼，卻遇著惡漢，將她拐賣入了勾欄！從此註定她前門迎新後門送舊的娼家生涯。

亂世落魄公子，便成飄零淪落人。

賣油郎秦重挑著油擔，沿街吆喝，走得肩痛腿酸。父親撇下了他，依著油行當小廝卻又怕被趕出門，老實木訥的他只好挑擔賣油，憑勞力賺蠅頭小利養活自己，前程、希望，想都不敢想。

終於有一天，賣油郎遇上了花魁娘子。

許是前世未還的情債，落入今生才得相討求償；或是前生錯身的鴛盟，今世道途才得相逢！秦重只覺得那張俏艷中含帶輕怨的臉龐，正期待他前去溫柔撫去隔世乖違的風霜滄桑！他的腳步不覺輕快起來，這一生開始有了目標，花魁娘子就是他魂夢所繫的，全心全意趕赴的目標。

一見鍾情。正是一見鍾情。

一個窮賣油的，日進分文，一心要親近一夜十兩紋銀纏頭夜資的名妓，別人笑他癩蛤蟆躲在陰溝裡想著天鵝肉喫。可是秦重賣油郎有他的想法：「從明日起，逐日將本錢扣除，餘下的積攢上去，一日積得一分，一年也有三兩六錢之數，只消三年，這事便成了。」

老實人的這番計較，比諸世間多少浮滑浪子的山盟海誓，更動人。

賣油郎一念執著，悲慘無味的生命情境，開始有了轉機，情似種籽，穿透荒寒冰封的大地，一株株新抽長、怯怯生生的嫩芽兒，終將喚回一場萬紫千紅的春天。

果然喜劇收場。秦重贏得花魁娘子，夫妻偕老，生下兩個孩兒，俱讀書成名。有詩為證：

春來處處百花新，蜂蝶紛紛競採春。
堪笑豪門多子弟，風流不及賣油人。

〔俠情篇〕虬髯客傳紅拂夜奔

寒星閃爍，冷月淒迷，薄霧流轉飄盪，彷彿一群曼妙女鬼舞著白衣。異鄉冬夜，我把露冷霜寒推拒窗外，案頭孤燈照路，引我走入唐人傳奇的古典幽徑。一卷傳奇，字裡行間隱約窺見六朝志怪的影子。俠女劍客還在深更秉燭夜談，倩女幽魂躲入書生傘底輕泣，魚龍精怪自在荒山寒塘中竊竊私語。再翻得一頁，崑崙奴、空空兒正與聶隱娘併肩踏劍飛行。

人鬼神佛，有情有靈，唐人綺麗多姿的傳奇世界裡，情與愛，仍是支撐的主軸，也許，古往今來，情愛才是這個人世間唯一的永恆。

俠情縱橫，情義兼美，我偏愛虬髯客傳紅拂夜奔的故事。

隋煬帝末年，天下大亂，群雄並起草莽大澤間。李靖胸懷大志，上京求見宰相楊素，欲中治國之策。

楊素平庸，但知逸樂揮霍，李靖滔滔不絕的言詞，楊素只當馬耳東風。被感動，肯激賞的只楊素身邊手執紅拂的歌女。

李靖別楊素，返回客棧讀書至深夜，忽聽得有人敲門，打開一看，門口站著一個身穿紫衣，頭戴氈帽的女子。進得房門，脫去衣帽，正是獨具慧眼，能識英雄的歌女紅拂。

李靖壯志難伸，正自鬱悶失志，紅拂適時來投，得一靈秀慧黠、美若天仙的紅妝知己，李靖雄心又起，立志找尋英雄豪傑，逐鹿中原。

稱得上真正的英雄豪傑，唯虯髯客一人！紅拂李靖夫婦巧遇虯髯客，三人皆為巾幗奇俠之輩，氣性相近，惺惺相惜，遂結為莫逆之交。後人說書話本裡，每每譽之為風塵三俠。

虯髯客識透天機，一見太原李世民，即知天命所歸，李世民將會統領天下，另創新朝。遂散盡家財，遠走東瀛扶桑。李世民成為大唐國君，李靖在貞觀十年位居宰相，輔助唐太宗李世民治理天下，虯髯客卻也在扶余國平亂有功，當上了國王。

識時務者為俊傑，知進退者為英雄。虯髯客不與李世民爭天下，飄然遠颺，闖出另一個天下，寧為雞首，不為牛後，乃真英雄也。而紅拂夜奔，弱質女子的勇氣和慧眼，更是多少英雄豪傑夢寐以求的佳偶，相較之下，風塵三俠的李靖，雖貴為宰相，俠氣稍嫌遜色。

但也夠了！古之豪俠，氣度見識之不凡，尋向今世，無異鳳毛麟角！徒留痴情吾輩今不如古之嘆。

嘆今不如古，便想相忘於江湖！這是武俠小說至今仍盛行不衰的原因。武俠小說掌門大師金庸曾說《虯髯客傳》是中國武俠小說的鼻祖，風塵三俠的描寫，個性鮮明，俠義豪爽是原因之一，卻不知大師是否曾經期盼生命中，俠女紅拂的出現？

別問我！但有幾分俠氣，誰不期盼？

〔絕情篇〕白娘子永鎮雷峰塔

山外青山樓外樓，
西湖歌舞幾時休。
暖風薰得遊人醉，
直把杭州當汴州。

六橋朱紅欄杆，蘇堤栽桃種柳，西湖美景，當真是婉艷柔媚。翠屏山、棲霞嶺，多少古寺藏名山，身處西湖，耳聽柳浪啼鶯，眼見翠堤籠煙，處處美景動人，然而，一提到西湖，最動人心弦的卻屬遊湖借傘的故事。

只有比詩更美更媚的西湖，才孕育得出這般有情有靈的傳奇。

故事出自三言裡《警世通言・卷二十八》。

紹興年間，住在杭州臨安府過軍橋黑珠巷內，主角許宣（戲曲亦稱許仙）年方二十二歲，在表叔家中做藥鋪主管。一日到西湖閒走，正到四聖觀時，不期雲生西北，霧鎖東南，落下了微微細雨。正是清明時節，少不得天公應時，催花雨下，真個是綿綿不絕。

許宣在四聖觀下尋船搭渡，並且讓躲雨躲得狼狽的白素貞主婢順風搭船，一念之仁，種下遊湖邂逅的情愫！臨別時大方借傘，更讓白娘子認定許宣為一忠厚君子，從此芳心繫定，一心成就姻緣。

而許宣呢？許宣和白娘子主婢兩人岸邊揮別，佇立船頭，竟似痴了。只心中反覆浮現「天上謫仙」四字，全然忘卻輕風斜雨在他肩上濡濕一片寒意。

白娘子果非俗世中人，她是得道千年白蛇！她身旁俊俏活潑的青衣丫鬟，也是西湖第三橋內深潭，千年成氣的青魚！只為情深，纏定許宣，千方百計成就了夫妻，更因愛重，幾度水淹金山寺，逼迫法海禪師交出郎君，為情為愛，蛇妖魚怪都成楚楚動人的尋夫怨婦。

最絕情許宣！坐享齊人艷福猶心生背叛，先聽遊方道人胡言亂語，半夜裡書符畫咒，再請捉蛇術士闔閣繡房遍灑雄黃！千不該，萬不該，讓那只吃青菜豆腐，只知拜佛念經，斷情滅情不懂情為何物的法海老和尚，一缽罩定為情甘犯天條的白娘子。

雷峰塔斜暉掩映，出家為僧的許宣站在塔前，背後西湖殘照，暮影漸深，他腳底下踩著的，正是七層寶塔留偈鎮壓，千年萬載永不出世的青魚白蛇！

他會有什麼心情呢？

腳底冷漠堅硬的無知土石，能讓他重溫午夜繾　時，雪柔酥胸的暖意嗎？回首綺媚紅塵，曾經歷過的輕憐蜜愛，他灰袍僧衣緊裹著的那顆心，真能不動如山？靜若止水？能嗎？那就算了。不能嗎？活——該！

罵絕情許宣一聲活該，其實我有點心虛，《白蛇傳》裡丫鬟青青伶俐討喜，白娘子嫻靜美艷，難得對許宣這凡夫俗子一往情深，世人只怪許宣薄倖絕情，卻不知他擔驚受怕多少！

蛇妖魚怪，究竟是異類，要我是許宣，即使被罵不夠浪漫，這異類之戀，我也不要！留個傳說就好！青魚白蛇最好是真的永不出世。

〔薄情篇〕金玉奴棒打負心漢

重看明代話本小說，細品古典情味，一則則湮遠傳奇裡，情絲柔纏，百折千迴，直看得人眼熱心痛。

情與愛，是春風，是弱柳，是逼近藝術境界的一種善與美。然而，人性深處埋伏太多惡質，環境又充滿魅惑誘引的因素，情愛經由人性和環境淬煉之後，將呈現何種面貌？

漢朝朱買臣，性好讀書，手不釋卷，因家境貧窮，夫妻倆居於陋巷蓬門。買臣向山中砍柴，挑至肆中賣錢度日，柴薪擔肩，猶自擒書朗誦咀嚼，且歌且行。其妻不耐貧苦，慧眼全無，棄夫別嫁！待得朱買臣官拜會稽太守，婦人遇人不淑又思回頭，買臣命人取水潑於階下，留下「覆水難收」的典故至今。

這是妻棄夫。

後漢時袁隗替他姪女擇婿，看見黃允外表堂皇，讚道：「若得這般人才為婿，余願足矣。」正思攀龍附鳳的黃允聽說了，回家後馬上藉故休妻。

這是夫棄妻。

並非人性和情愛，如此不堪富貴功名試煉，也有守節高義的漢子，譬如宋弘。漢光武帝要把自己的姊姊嫁給他，宋弘說：「貧賤之交不可忘，糟糠之妻不下堂。」拒絕與帝王聯婚。

對情愛義理執誠守敬的君子，顯示人格的完整，因而可以俯仰無愧於天地。宋弘拒婚，違逆皇帝旨意，可是要冒著殺頭的危險！幸好漢光武帝是個明君，僅一笑置之。

至於此篇薄倖莫秀才呢？先愛色，後嫌貧，中間加上一段夜半泊舟，推髮妻下水的狠毒行徑！此等鄙陋蠢物，金玉奴這頓棒子還嫌打輕了，換作我，便有多少全打殺！

雖說金玉奴出身乞丐團頭之女，但其父金老大愛之如同珍寶，從小教她讀書識字，到十五六歲時，詩賦俱通，更兼女紅精巧，亦能調箏弄管，事事伶俐。莫稽這小子一介清寒書生，入贅金家，平白得此如仙美眷，從此豐衣足食寬心稱懷，正該苦讀詩書，掙取功名以光耀門風。怎知功名是得了，卻是得著今日富貴，忘卻貧賤時節！把金玉奴資助鼓勵他成就功名的一番辛苦，化為春水。

不提莫稽這蠢材，免教污了我筆尖！倒是金玉奴死裡逃生，被狠心郎君推入滾滾溪流中，卻因禍得福，讓莫稽的上司救起，認做義女，差堪安慰！但她為什麼還肯再嫁一次這個一心攀高的渾小子？

這點值得玩味！

只能說，古時候吃人的禮教不公平！把從一而終的觀念深植一般女子閨秀心中，卻縱容大男人三妻四妾，自在逍遙，因而金玉奴雖恨箇郎薄倖，終究還是認了丈夫。

說書者拍板定案：薄情郎被一頓棍棒打醒，從此夫妻恩愛，比前加倍。

我懷疑！懷疑如此暴力夫妻焉能白首偕老？我不滿意！不滿意這種大團圓式的結局王子和公主從此過著幸福快樂的日子，這種結局只算床邊童話，哄小孩子微笑入睡用的。

或者，我的懷疑和不滿，該只是憐惜那千古佳人的萬般委屈罷了！

〔殉情篇〕杜十娘怒沉百寶箱

我反對殉情行為！

羅密歐和茱麗葉，這一雙無知少男少女，若肯忍上一忍，慢上一慢，等待誤會冰釋，也不會平白犧牲兩條青春正好的性命！兩家世仇雖因此化解，但想來雙方父母，餘生歲月將為悔恨淚水淹沒！陷父母於悲苦絕境，兒女輩之大不孝也。

梁山伯與祝英台，一個是樓台會後碎斷肝腸，嘔心瀝血！一個是素衣上花轎，轎前高懸紙錢燈籠，南山哭墳以身相殉！那一雙翩翩彩蝶，飛越千年，還在後世多情男女心中盤旋。

我同意許多愚夫愚婦，在戲院裡為梁祝哭得聲淚俱下，電影看完，回家後不再盲目反對小兒女的深情摯愛，並且趕快把婚事辦妥。我也想警告戀愛中的男女，挫折橫逆，終有解決之道，切莫輕生！彩蝶比翼，雖說浪漫動人，然則死後化蝶，純屬虛構，只是文學渲染手法，當不得真。

且聽我說一段殉情故事，以資警戒！

岸舟牽動纜繩，艙門隨波往復開合。杜十娘絳唇朱顏細細描過，聘聘婷婷的在船頭站出雪艷窈窕的風華，江畔閒人駐足圍觀，爭看北京第一名妓。

家童自艙中送上描金箱，十娘取鑰開鎖，箱內分出三層抽屜。她素手微顫抽開第一層，但見翠羽明璫、瑤簪寶珥，閃閃生輝。

李甲、孫富，目瞪口呆作聲不得。

十娘冷笑著一件件拈起，投入江中！向孫富罵道：「我備嘗辛苦，方脫妓籍偕李郎到此，汝以姦淫之意，巧為讒說，破我姻緣，斷我恩愛！汝乃我之仇人，尚妄想枕蓆之歡乎？」

江闊雲低，波濤滾滾，天際隱隱雷聲。

打開第二層抽屜，古玉紫金、玉簫金管，約值數千金。十娘丟一件，罵一聲，早已珠淚雙垂！眾人齊聲驚呼，惋惜不已！十娘面向李甲，花容慘淡，悽惋欲絕泣道：「李郎！

妾身薄命，十三歲賣入教坊司院，私有所積，本為終身之付。遇郎君信誓白首不渝，奴家自出金贖身，願相隨李郎，怎知郎君竟以千金將我再賣與孫富那廝，妾只恨命之不辰，甫脫風塵困瘁，又遭中道棄捐！問一聲郎心何忍？」

岸邊一千人眾齊罵薄倖！李甲渾身冷汗涔涔，又羞又苦，且悔且泣。

第三個抽屜打開，箱中復有一匣，開匣視之，夜明珠、貓兒眼、祖母綠，諸般異寶，莫能定價多少！十娘纖纖玉手，揮出決裂的手勢，明珠寶玉畫過一道道晶亮輝彩，激動小小水花，旋又叫波濤衝散！

十娘衣袂獵獵，收拾戚容凝視雲愁霧慘的江面一會兒，回頭昂首問天，語音脆厲恍若裂帛碎玉：「箱中韞藏百寶，不下萬金，原指望潤郎君之裝，以歸見父母。櫝中枉有玉，恨郎眼無珠，皇天后土為憑，眾人耳目為證，妾不負郎君，郎君自負妾耳。」

江畔人眾擄袖捏拳，義憤膺胸，直欲撲上船來。李甲慟哭失聲，才待向十娘謝罪求恕，十娘抱持寶匣，轉身往江中一跳！雷鳴霹靂，風雲四合，可憐一個如花似玉的絕世名姬，化作東逝水。

芳心盡碎，怒沉百寶，慣使虛情假意的煙花杜十娘，一旦動了真心，便是貞女烈婦，再無回頭的餘地！盛裝赴水，寧為波臣，終以一深情女子的性命，見證惡薄人世裡，情路多險！

十娘明珠寶玉之身，投於李甲此等碌碌蠢物，終而以身殉情，殊令人惋惜。一代名姬，若肯忍上一忍，何愁不能覓得佳侶，共跨秦樓之鳳，遽爾輕生，實不足法。

至於孫富、李甲，一個終日愧悔，鬱積成狂，一個得病臥床，奄奄而逝！辜負深情女子者，可以此為戒。

輯 五

品嚐・十二道愛情味

寂寞

荒街、蕪月。

長巷幽深，隱入流轉夜霧，巷口一盞孤瘦路燈，強睜朦朧睡眼，守候者夜歸人。

一隻黑貓，寂寞的走入路燈寂寞的眼光裡。牠慢慢伸展腰身，抖了抖被夜霧潤濕的皮毛，偎著路燈腳邊，蜷曲躺下。只一會兒，黑貓突然站起，豎著耳朵傾聽，然後無聲的竄出路燈的視線外。

模糊的歌聲此刻傳來，穿不透霧紗，聲音彷彿變得遙遠，而皮鞋鞋底敲響空街的腳步聲愈來愈清晰。一個領帶歪斜的男子，一手披掛著西裝外套，一手拎著半瓶XO，踉蹌踏入燈影裡。

「我醉了，因為我寂寞。」那男子倚著路燈低唱：「我寂寞，沒人能安慰我。」

他才自紅塵最旖迷處脫身！笙歌散後繁華落盡，帶醉闖街的夜歸人漸漸不勝酒力。他緩緩軟倒，半躺在路燈下，酒紅的臉龐上一雙定定的眼睛漫淹睡意。他的確寂寞，女人離開後的家空蕩冷清，他不想回去，酒味後的粉味，他則不肯沾惹一身庸俗胭脂，醉臥荒街，也許可以逃開嚙咬著心頭的「寂寞」。

他夢見一隻黑貓，帶著寒冷夜色，靠近他燒燙的身軀，取暖！那是寂寞的顏色，黑。

不只顏色，寂寞其實也有聲音。

她喜歡那聲音多少年，離婚就有多少年。

今夜，她把前幾天剩下的半瓶XO喝光，身體逐漸酥軟，意識卻反而銳利清亮！睡不著，這又是一個失眠的夜。

她知道只要再多半杯，就能讓自己喝醉，換一夜好夢！但她不想從五樓的小套房走出去，到兩條街外的深夜超商買酒。一個女人，身材曼妙容顏姣好，不該冒險走上荒莽夜街，更何況今晚的月牙，像一把可怕的雪亮鐮刀，在夜霧濃密中閃動光芒！

拿著梳妝台上，放滿硬幣的高腳酒杯，她將屋內的燈一盞盞熄滅，然後走出客廳，坐在陽台的搖椅上。

午夜時分，霧更濃，幾條街外的夜歸車聲，偶爾輾破荒天，瘖瘖啞啞的遠去。幾棟五樓公寓圍出來的中庭，庭園中那盞暈黃相思燈，獨自守住夜的寧靜，她微微晃動搖椅，感覺自己像一葉輕帆，滑入無聲的海洋。

思緒緩緩的，也潛入記憶大海最深處。

剛離婚時末世般的狂亂，彷彿風平浪靜。沒有孩子牽扯，年輕夫妻分手得毫不在乎！或者只是男人不在乎，或許他正想著他的新戀情可以很快取代舊愛，只有她，她自己才知道傷口有多深多痛，在心底最柔軟處。

三年了吧？傷口早已結疤，痛的感覺隱隱約約還在！她伸出裸足抵住陽台欄杆，搖椅停止晃動，幾分醉意的思緒，已無法正確推算歲月蹤跡，也許三年半有了。她睜開眼睛，伸手取出一枚硬幣，朝著陽台花架第三支鐵欄杆的上方丟出，然後側耳傾聽。

硬幣會落入中庭的錦鯉池裡，發出類似沉重嘆息般的聲音，隨著漣漪擴散！也許會剛好落在水池中央，假山的石頭上，清清脆脆的彷彿一聲驚呼。

沉悶或清脆，她都喜歡，和那負心男子初識時，在寺廟或風景區內的許願池前，她總是又笑又鬧的搶光男人身上的零錢，而男人也總是寬容的任由她投出一個個錢幣，許下一個個她從不肯說出口的願望。

她繼續往中庭投出硬幣，睡意逐漸攀爬上來。她踢一下腿，讓搖椅輕柔搖晃，牽引她入夢。

夢裡，她回到從前的許願池，把誓言願望說了一遍又一遍：「生生世世永不分。」

寂寞，對男人而言，像躡足的黑貓，在宿醉的屋脊上走動；女人的寂寞是聲音、錢幣、回憶，或是自己身體墜落時的一聲驚叫。

困惑

「為什麼鵝鴨能夠浮游？為什麼鴻鵠能夠鳴叫？為什麼松柏冬夏長青？」項橐這個調皮伶俐的小孩，向孔子提出問題。

孔子想了一會兒，勉強答道：「鵝鴨浮游，因為牠的足是方的；鴻鵠鳴叫，因為牠的頸脖是長的；松柏長青，因為它的中心是堅實的。」

「不對，不對！」小孩搖頭說道：「烏龜團魚能游，牠的足卻不是方的，蝦蟆能夠鳴叫，牠的頸脖未必是長的，綠竹也冬夏長青，它的中心反而是空的！你錯了，錯了。」

項橐才七歲，童言稚語問倒了孔子，孔子只好感嘆一句：「後生可畏。」

「天上星星那麼多，到底有幾個？」項橐問了孔子這個更難回答的問題！同樣的問題，你的小孩也問過你吧？

「太陽公公要下山的時候，臉為什麼變紅了？」你孩子又問。

「因為他拿了一整天火把了，所以臉被烤紅了！」你不能老是回答不出，總得搬出一個答案。

「那——太陽公公早上剛起床，還沒有工作，為什麼臉也會變紅？」孩子的確想知道為什麼。天地山川、蟲魚鳥獸，在初醒張的瞳仁底下，一個個都是困惑。

困惑是什麼？是野獸嗎？老愛伸出爪子又扒又抓，讓孩子們坐立難安？

你不是老師，當孩子的為什麼愈來愈多，你愈來愈難招架時，你只好把孩子送入幼稚園，送入小學、中學，將傳道授業解惑這等重責大任，全讓學有擅專的老師們擔當。

所以，困惑也許像貓，棲息在孩童的腦袋瓜裡，牠會好奇的溜出來，搜尋過一重重智識的屋脊，把小老鼠般到處亂跑的「為什麼」，一隻隻抓回貓窩。

你也有困惑！這困惑卻像一張彌天巨網。打從你的生活讓一個貪吃愛哭的小娃打亂步驟以後，你就陷入這張甜蜜的網裡！你很不服氣的看著這個揉和你的骨血，比照你的容貌雕塑出來的粉嫩小娃，朝你索求無度！你的困惑正是即使你不服氣，卻又為什麼甘甘願願的任由這個小娃撒潑耍賴，白吃白喝？

直到有一天，你和孩子回去鄉間故居，去看阿公阿嬤，才找到答案。你那滿頭白髮的老爹，帶著笑容說：「你阿母正在廚房燉麻油雞，聽講你要返來，透早就叫我去菜市場買土雞麵線，講是你尚愛吃。」

生命傳承，原來可以如此不問情由！你一邊吃著麻油雞，一邊點頭肯定，這就是親情的滋味。

有些困惑，則永遠沒有答案。

不像好奇的貓，也不像巨大的網，它類似蛛絲，飄盪遊移在心緒情弦間。你有千萬個問號，卻問不出口！你在她輕風般的微笑裡快樂揚帆，卻轉眼間在她冷冷的眼波中狼狽翻船！那是愛情的困惑，游絲纏繞不去，直可叫世間男女癲忽若狂，可生可死！

要埋葬愛情，有方法！進入婚姻就是。那游絲會主動聚攏來，編織成一張牽連撕扯不開的，親情的網。

然而，人生真正的困惑，卻如巨巖磐石，叫人動彈不得！

當一個人反觀自己生命的荒涼底色，總會忍不住質問自己：為何而活？生而赴死既是已知，這中間一段紛紛擾擾，豈不是多餘？

達到儒家所說的不朽，或者可以欣慰的說不虛此生，雖然它的難度太高！但是，所謂不朽，究竟是多久？目前由人類居住的這個星球上，曾經有恐龍盤據達兩億年之久，兩億年的生物進化卻在一夕之間中止！人類有文字器物證明的歷史，才短短五千年，名留青史，永垂不朽，往上推算至多三千年。在漠漠時間長河裡，不朽也只是一瞬！更遑論人世短短百年，果真如蜉蝣，朝生暮死。

釋道耶回，說永生極樂，超生了死，說有限生命能無限延長，這能解答人生大惑嗎？信則靈，不信則無！磐石巨巖依舊擋道，拐個彎罷了。

為什麼要問為什麼？迴避或面對，人生就是這麼一趟，歡喜就好！生命的根本大惑，也許，要的就是這個不像答案的答案。

相思

月台送君，夫婿在窗口伸手揮動的情景，猶未在眼前消散，思念的繩索已經綁在心肝上！

左手牽著孩兒，右手舉高太陽旗，摻雜在一起送別的婦孺老幼中間，伊的目屎，早就含在目眶內！村裡保正一再交代，在月台頂絕對不通哭！從軍報國爭取功名，是一件歡喜光榮的代誌，父母妻兒若是大聲細聲哭，要去當兵的男子漢，哪走會開腳去南洋？

阮清榮仔也不是日本人，是按怎一定愛去做日本兵？溫溫馴馴、老老實實的莊腳郎，是按怎學人拿刀拿槍？南洋？南洋又擱是啥米所在？伊若甲人失散，是找有路返來無？

〈送君曲〉的音樂響起，火車慢慢要起行！保正交代不通哮，啥人忍得住？大聲唱，細聲哭，一條〈送君曲〉，唱得擱那哭調仔咧！

返來厝內，房間大廳巡一遍，總是感覺欠一項物件！手一放，囡仔就走出玩耍，細漢幼子，哪會知影阿母心肝頭一百支針，一千支針！三年，這三年母子日子要按怎過？相思淚水涓滴成河，幽幽細細的輕吟流漾出〈心酸酸〉、〈三聲無奈〉、〈望你早歸〉的悲情民謠。

五十年前，海島上空愁雲慘霧籠罩不去，被迫與丈夫分離的台灣婦女，相思淚水還未擦乾，兩岸隔著海峽，緊接著演出近代史上最巨大的離別悲劇！這回不是異國統治者無情拆散，而是自己國家的當權者，因為政治型態和理念無法相容而逼迫無辜百姓分手！

千萬人離鄉背井，將父母妻兒的懸念，擱在背後行囊裡！只是誰也沒有想到，這一別，雙方鐵幕一齊拉下，竟是四十年後才能重尋舊路，互喚相呼。

一峽煙波離亂，兩岸四十年相思煎熬，待得執手相見，鄉音依稀未改，卻是皺了臉，白了頭！天上銀河，浩渺無垠，還容許牛郎織女一年一會，這人間自掘的鴻溝啊，更比天塹無情許多。

相思，離人間互相思念的情緒，最難將息，無法迴避，當真是才下眉頭，又上心頭。

可恨的是這纖細敏銳的情感，通常無力對抗欺凌它的，天災人禍等外在因素！只剩下淚水，淚水應是相思之苦唯一的渲洩方式了！也因此，牛郎織女一相逢，人間便是一場冷冷的七夕鬼雨。

會不會有例外呢？只為出了個朱皇帝，大腳姑娘的鳳陽花鼓從此淪落他鄉！輕快的左手鑼，歡暢的右手鼓，以及圍觀群眾熱烈的掌聲，也許可以暫時解開思鄉和相思的苦楚，但也只是暫時。

孟姜女尋夫，哭倒萬里長城！能不能給天底下的相思人一種報復的快意？那一場悽惻慘烈的慟哭，對暴秦以六國子民血肉構築長城的苛政惡行，做了最嚴厲的控訴。相思以血淚傾瀉，想來鬼神亦應為之動容而不忍袖手。

萬里長城，遺跡至今猶存，孟姜女所哭倒的那一片城牆，已不可考！或許，那也只是一則傳奇，一則為相思立傳的小說家言。

誘惑

海上狂風驟起，浪頭高聳如山，整個天空像要塌入海中，而大海像要捲入空中！希臘最著名的阿果號探險船隊，隊長傑遜王子和他英勇的水手們，已取得金羊毛，正在返航途中。他們無視天風巨浪，全心全意奮勇划槳，與波濤對抗。

這時候，遠方海上突然傳來一陣歌聲，媚艷綺迷的歌聲穿過風的怒吼、浪的咆哮，清晰的傳入每個水手耳中，讓水手們完全忘記眼前危險，一心一意傾聽那迷人的歌聲。

船被巨浪推湧，也彷彿被歌聲牽引，船頭正向著絲娜妖島上嶙峋巨岩衝撞過去！

這是希臘神話故事中，有名的絲娜巨岩！巨岩底下的查理狄斯漩渦，是水手的海葬之處。但沒有人知道女妖絲娜的真面目，因為聽過絲娜銷魂歌聲的水手們，從未有人生還。

誘惑，在希臘神話裡，就是絲娜女妖。

佛教始祖釋迦牟尼悉達多未成道前，日夜苦思解脫生老病死的方法，十九歲那年，他離開迦毘羅城，獨自前往雪山六年。原以為只要離開人群，即可逃避四苦，而窮思苦想即可了然聖道，以致出山時仍無所得！

他後來下定決心，在迦耶山菩提樹下趺坐潛修，將成大道之時，群魔擾靈，千般逗弄，更有天魔艷舞誘惑終宵，直待天色微明，見曉星浮沉，終得緣起性空之悟！從此雖仍身處眾欲百邪，心已不搖不惑。

誘惑，在佛教經典記載中，名為艷舞天魔。

希臘神話和佛教典籍，不約而同的把誘惑歸納入妖魔類，而人間世呢？芸芸眾生如何看待誘惑？

據說乾隆皇帝在金山寺頂往下看，大江中船舶往來如織，囂雜忙亂，他問道：「江上到底有多少船隻？都忙些什麼？」

金山寺住持老和尚合掌輕聲回答：「依貧僧所見，只有兩艘船，一艘名船，一艘利船，正為名利誘惑而奔忙。」

老僧的回答，大有禪鋒，但還嫌不夠周詳！俗世人間，名與利自然是莫大的誘惑，可儒家夫子所說「食色性也」亦應併入奔忙往來的船隻間！財色名食，正是世人最難抗拒，也不能完全抗拒的誘惑。

食與色，其欲望發自本能，為生命延續，物種求存的天性；名與利，則是進入群體社會的架構之後，推動社會進步的原動力。為了追求財富累積，商人汲汲鑽營，農人揮汗鋤禾，都無可厚非；為了求名，文人風簷雨廊下書聲不輟，武將展讀兵書，熟習韜略，亦無可議之處。

這樣的說詞，會太寬容嗎？

財色名食，並非求不得，卻唯有以詭詐權謀的心態，殘忍兇狠的手段去強取豪奪，誘惑才會搖身一變而成噬人妖魔！

然而，廿一世紀，絲娜的歌聲、天魔的艷舞，處處聽聞，處處可見！為之迷失本性自取滅亡的人，多不勝數！有時候只看新聞報導，就要教人看得痛心疾首，萬念俱灰！慨然長嘆：「當今社會，陷阱誘惑，果然多得離譜。」

光怪陸離的末世，酒綠燈紅的奢迷已達高峰！該擔心的是我們下一代，該教導的也是下一代，讓他們在接受誘惑的試煉時，剛正不阿，坦然無懼。

緣分

一壺酒，幾個好朋友，酒酣耳熱時，或許有人會說：「相識有緣，咱們上輩子大概是兄弟。」

一盞茶，兩雙牽牽纏纏的手，山盟海誓之後，更有人會滿足的輕嘆：「命中註定！我們是前世未結鴛盟的戀侶，今生尋來。」

緣是什麼？緣是前世未了，今生再續的命。

命是什麼？命是今生未了，來世再續的緣。

這種屬於辯證式的說法，必先同意釋道教義中前世今生的警語，並且同意因果輪迴確有其事。

你或者有一絲絲懷疑。人與草木同朽後復歸泥塵，真有一縷神識不滅？能夠超越時空，穿過闇黑輪迴，相尋前世一張依稀恍惚的容顏嗎？

緣遇命定，除了玄學的抽象辯證，能不能藉由文學的具象來詮釋？譬如——一本書！又厚又重的一本大河小說，封面上寫著《萬民宿命譜》。裡頭的文字早已安排好情節、人物、架構、高潮和結局，造化小兒掀唇舔指，翻過一頁頁，芸芸眾生盡責賣力的擔綱演出。

也許緣分帶有幾分姿色。一條繡花手帕、一條紅絲繩、一座後花園裡的漂亮鞦韆架，甚至是池邊一朵盛開的水芙蓉，這些都是古來才子佳人，私訂終身時最重要的媒介。

說不定緣與命有其猙獰惡質。緣若牽絲，命是劇毒黑蜘蛛，結了一張鋪天蓋地的網，總要讓沾惹上的人啊，銷魂蝕骨，無處遁逃！

認命的人，同意緣分像一本書，隨它造化小兒愛翻哪一頁！喜劇中人會幸福的感謝月老的紅線，牽得好！若是悲劇收場，掙扎呼喊的人，便會認定當初緣遇，正是誤入黑蜘蛛惡意布置的羅網！

不同的情境，不同的結局，緣分即呈現不同的面貌！看來，連文字也無法正確描述緣與命的奧義。

那麼，用心去感覺吧。

自生命大海深處啟航，迷昧混沌中睜眼，你或許不懂，那晃晃蕩蕩的一葉扁舟，原來叫搖籃，但你耳邊有溫柔如潮汐的聲音日夜呼喚你，眼睛開始聚焦之後，那模糊的光影慢慢拼湊出一張素雅慈藹的臉，你馬上瞭解並且承諾，那是母親！無須抗拒，不必解釋，緣分源自親情的認定，甘願一生牽纏。

離開搖籃，試著舉步，世界從你足尖的方向開始伸展，你會遇上和你搶奪玩具的兄弟，遇上跟你分享糖果甜香的玩伴，你的世界愈來愈廣闊，相識滿天下，但真正的朋友不算多。因緣流轉，友情的緣遇，淬勵挑選得來，需要肝膽相照，真心換真心。

男女情緣，最是艷媚弔詭！一次眼光的交會，彷彿浩渺宇宙中兩顆錯身的流星，可以激盪出燦亮光芒！眉梢一絲挑逗，紅唇一聲輕喚，恰似驚蟄春雷，讓冰封雪凍的大地，變成花團錦簇的春天。即使只是短暫的邂逅，卻肯讓別後綿長的相思來折磨！情緣確實如網，網中人兒早已心酥身軟，放棄掙扎，明明白白的宣告，甘願成為愛情網罟裡的獵物。

在愛情遇合的過程中，最容易相信緣與命的無可抗拒。

情愛氾濫時，理智的堤岸即被沖毀！幸好，一顆心還如嶙峋暗礁，在某些生命低潮的時候，激盪浪花。也唯有那一刻，你會質疑，你會抉擇，一份情緣，如此教人欲生欲死！

你該拒絕？還是接受？

答案或真相，需要在感性裡揉入理性，像翻騰的水加入貞定的明礬，靜候它沉澱。不必玄學辯證，不需文學審思，且看看自己在沉澱的過程中，漣漪水紋的昭示。

嫉妒

冒險號貨運太空船，以亞光速飛行好長一段時間了。船上載著取自宇宙中心的反物質燃料，正要回返母星地球。在距離地球四點三光年的半人馬座附近，冬眠中的太空人全被主機電腦「麗莎」急促的喚醒！超低轉速的軀體功能還未恢復正常狀態，一張張沉睡乍醒的臉龐上，猶帶朦朧冬意。

「麗莎」一向悅耳甜美的系統語音，此刻夾雜在嗶嗶作響的警告聲中，竟覺幾許倉皇尖銳。她重複喊叫：「一級警戒，接近黑洞！噴射流量過高，塌縮重力強大，冒險號艙體無法承載，半人馬座阿法星黑洞，名為嫉妒……」

宇宙間最大的奧祕，嫉妒，正是離地球最近的銀河系半人馬星座附近，一個最新形成，連光線也無法脫逃的黑洞。冒險號用盡比核融動力強勁十倍的反物質燃料，依然無法脫離黑洞重力圈！船體扭曲爆炸竄起的火舌和強光，被嫉妒無限大的引力，剎時搓揉成一支燦亮的長針，融入黑洞永恆的漆黑中。

同一時間，四點三光年外的母星地球，無知無覺的轉動，南亞洲地區正垂直並面對恆星太陽。太陽黑子昇亮焚燒的烈焰，讓南亞中部半島的沙漠，更熱。

一隊單峰駱駝循著沙丘稜線緩緩移動，隊伍前面的貝都因領隊，解開蒙面的方巾，縱目遠眺，天地遼闊，黃沙滾滾，真正能夠停歇卸貨的綠洲，還在海市蜃樓的幻景之後。

他並沒有忘記，這個沙丘底下，有一個小小的谷底水塘，水塘邊緣幾株椰棗樹，羽狀闊葉遮出大片青鬱暗影。但他看也不看這處小綠洲，所以，他也沒有注意到跟在最後那頭駱駝上的新夥伴，正悄悄跳下駝背，奔往水塘。

這個年輕的牧人只想洗把臉，痛快的喝幾口水，讓水的清涼滋潤他龜裂焦燥的唇頰。他輕快的滑下沙丘，穿過椰棗樹的陰影，大步走向水塘。

他已經真實的感覺到水氣蒸騰的涼意。不禁輕聲歡呼著奔跑起來，只想一頭栽入水塘。突覺腳下一軟，黃沙一分即合，前腳已深陷及膝，而前衝的勢子未盡，後腳隨即踏入，卻彷彿踩入一團棉絮，浮沙迅速漫上腰際！他略一掙扎，只覺黃沙如水流動，冰冰涼涼的灌入他的口鼻！他在眼前乍暗的一剎那，突然明白，這就是傳說中的流沙。他絕望的將手伸出沙面，求救的手勢，更像揮手訣別！

熟知沙漠特性的貝都因領隊，還未察覺他新加入的夥伴已讓沙漠吞噬！他正在心裡盤算著，等駱駝隊伍在下一站綠洲休息時，他要告訴年輕的牧人，他們剛剛走過的水塘，就是地底河流急速升高降落所形成的一處漩渦，是真正誘人沉淪的海市蜃樓！而這個沙漠中最兇險的水塘，名叫妒婦井！信奉回教的遊牧民族，可蘭經戒律允許男人擁有四個妻子，但女人的嫉妒大概讓男人吃盡了苦頭，才會將這個流沙水塘取成這麼奇怪的名字。

如同太空科技進步到能夠漫遊宇宙，卻逃不開永恆的黑洞一樣，嫉妒正是人性一處無法自拔的深淵！知性的汲取，讓男人學識淵博、談吐典雅，讓女人知書達禮，雍容華貴，但這一切在嫉妒的黑洞前，將毫無例外的扭曲變形！感性的接觸，涵括親情、友情、愛情，這些世間絕美情懷如金玉磐石，穩定堅固的支撐著人際關係的祥和溫潤。然而，當嫉妒的情緒自心底滋生，金鈿玉石將瓦解潰散如塵砂，親密的感情互動，將成為流沙表面上，那一層彷彿無辜的水光。

神祕的黑洞，沙漠的流沙，嫉妒如此險巇，正因為它的難以察覺。

專注

妳看過爬行如小獸的嬰，追逐著不小心掉落客廳地板的壁虎，並且跟著鑽進餐桌底下，窩在那兒，學著搖尾的壁虎，正晃動著他那翹得半天高的小小屁股嗎？

妳在他驚奇熱情的笑聲裡，聽出什麼嗎？

也許，妳最常喊叫的一句話是——不可以！因為妳覺得好奇寶寶怎麼好一陣子不出聲？彎腰去察看，才發現小壁虎不見了！而小寶貝正在研究牆角的插座，試著用一隻隻手指頭，要去挖掘插座那兩個小洞的奧祕。

妳也曾經跟著旅行團體去看鶯歌窰、美濃窰和水里蛇窰，你懂得去欣賞瓷的細緻華美，陶的拙樸古趣，品評釉彩的深淺濃淡，造型線條的匠心靈氣。那一次，妳終於看見了一個拉坯的老人，一團泥土，在靈巧的指掌拿捏下慢慢成形！莫名的感動充塞著妳的胸臆，那一雙手，彷彿上帝之手，能叫腐朽化神奇，無知的泥土因此被賦予生命。

更讓妳感動的是那一雙固執熱切的眼睛。

專注！妳在粉嫩小娃探索世界時，看見聽見這兩個字；在老陶藝家年輪深烙的臉上，也看見了同樣赤忱專注的神情氣韻。

有一天，妳新買了一本食譜，趁著小寶貝睡得正香正甜，在廚房裡按圖索驥整治好菜。苦瓜是白玉，蘆筍是翡翠，紅蘿蔔雕出一朵瑪瑙玫瑰，珠光寶氣擺上晚餐桌上。丈夫下班回來，幫妳抹去臉上細碎汗珠，梳上妳垂落的髮梢，再從背後圈住妳的腰，深情的說：「色香味俱全！是誰說過？認真的女人最美，我一定天天回家吃晚餐。」

妳美嗎？掙脫丈夫環繞的手臂，妳到浴室梳洗，就著鏡子自己細細端詳。兩頰紅暈未褪，那是爐火烘烤的，而一雙眼睛晶晶亮亮，興奮熱情，少了被小寶貝折騰的疲倦和狼狽，妳的確變漂亮了。

美麗，原來可以是「專注」的另一種面貌。

妳開始懂得欣賞自己，也開始懂得深入些觀察別人。

回鄉下娘家，黃昏時妳漫步田野，夕陽未落，一畦畦的稻田裡猶有老農正為秧苗施肥。

一把粉狀肥料，撒出一朵雲，妳抱著孩子，輕聲的叫他看著一朵朵揚起又消散的雲霧，告訴孩子那綠毯一樣的稻田，可以結出金黃稻穗，讓每個家庭都能吃到又香又Q的米飯。

孩子當然還聽不懂！但卻露出聆聽的表情，妳親吻著他的臉頰。在心底悄悄的告訴自己，孩子是屬於這塊土地的，而眼前這大塊土地，那是孩子的叔伯父祖輩以一雙雙泥足，專注而虔誠的踩踏過幾十年。

妳覺得，妳最想讓孩子學會的第一句話是：「謝謝。」

小餐館裡油光滑亮的大廚師，機車行裡蹲踞著修理摩托車的小學徒，生產線上忙碌的女工……妳發現這個世界之所以轉動，原來是每一個人都如此專注的貢獻出每一份力量。

妳呢？妳目前只是一個在家裡帶小孩的平凡的母親，但妳從來沒有這麼滿足過，因為妳只要專心的推動搖籃，讓一個嬰兒無憂無愁的成長，並且隨時提醒自己，手勢溫柔而堅定，就夠了。

妳就是一個和世界一起轉動，一起成長的母親。

背叛

瘦馬秋風，斜陽似血，惡夜伸展墨色蝠翼，即將覆掩天際那抹殘紅！你在斷旌折戟的疆場上尋找你的兄弟，聲聲淒厲的呼喚，彷彿零雁悲唳，硝煙中暮色漸濃。

終於，你扶起血泊中曾經生死與共的兄弟，心跟著滴血！你狠狠的忍住英雄淚，溫柔擦拭著他臉上的血汗泥塵。模糊淚眼裡卻看見那張臉，詭異的露出微笑，你只覺得滴血的一顆心突然碎裂！低頭，一把尖刀正沒入你胸口。你那彷彿傷重垂危的兄弟，卻似一條黑色巨蟒，自你圈擁的臂彎翻捲掙脫。

冷汗淋漓中醒來，荒煙疆場的場景全叫墨夜遮蓋，只那夢裡的劇痛，依舊鮮明。

是的，那叫人碎心的痛，來自噬人的巨蟒，名叫「背叛」。

或許，在更早更原始的時候，黑色巨蟒只是一束婉轉長髮，閃動著惡毒的墨色光芒。

你腰際圍著獸皮，自巨大的羊齒森林裡狩獵歸來。你受了傷，胸口尺來長的裂痕，皮肉翻開，鮮血汩汩滴流！那是野鹿頭上利角所刺。

丟了沾血的石矛，你雙手緊緊拖住野鹿一隻後腿，艱難的往岩洞攀爬。秋風漸厲，天際厚重的灰色雲層，隱隱雪意！這是一隻寒冬前最後一次覓食的野鹿，此後的幾個月，大雪將埋葬整座山川莽林。你必須將野鹿藏入岩洞，和你的女人度過寒冬而不會捱餓。

力氣即將用盡，傷口痳痺的感覺逐漸擴散！你咬緊牙根，奮力扛起野鹿丟入岩洞，然後倒臥在洞口喘息！你的女人自洞內深處奔跑出來，烏黑長髮飄飛湧動如暴風雨前的雲。她嚎叫著翻轉你的軀體，低頭審視你胸前的傷口，長髮千絲萬縷，覆蓋了你的臉，卻遮不住你轉動的眼睛。你在黑色簾幕的縫隙中瞥見洞內走出一個比你更健壯的陌生男人，那男人雙手緊緊握著你磨得最鋒利的那把石斧；瞥見你的女人，拔出她腰際斜插的尖利石刀，無聲無息的滑入你早已撕裂的傷口內。

沒有痛的感覺！你只是痲痲木木的，想搖頭擺脫那纏繞的黑暗的髮，費力的去尋找兩個短短的音節，用最後的一口氣吐出「背叛」兩字。

背叛，像一條黑色巨蟒，躲藏在人性最陰鬱的沼澤裡。君王無道則臣不忠，父無慈顏則子不孝！巨蟒自沼澤內竄出，利齒森寒！不及逃避的人，從此屍骨無存。

運氣和勇氣，能夠逃躲噬人巨蟒。可是，敢於引刀斷臂，撫傷而去者，能有幾人？

到如今，文明的黑色巨蟒，早已修煉成精，能夠幻化不同形貌。互助會者捲款私逃、投資公司突然宣布倒閉，這是貪欲背叛了誠信！黑金政治，這是政府背叛了人民！濫墾濫建，不顧山脈寸斷土石流膿，這是人類背叛了大自然！當背叛者習慣巨蟒的聲息氣味，必將導致其善美人性澈底荒蕪，道義人倫根本毀滅。

男女間的背叛，雖說只是私己情愛的枯萎，卻最尖銳。那一束長髮，可能邪惡的轉換成一條繩子，誘引被背叛的受害者懸梁自盡！或者慫恿受害者拾起繩子，綁票勒贖撕票！獨占欲強烈的愛情特質，報復總是來得又急又快。

所謂玩火自焚，喜和巨蟒為伍的背叛者，終將噬人後自噬。

魅力

她喝三色龍舌蘭，三個小小的高腳杯，輪流在她的紅唇上親吻！烈酒的辛辣，蘇打水的冰涼，或冷或熱彷彿都別想牽動她臉上的線條。

震耳的音響，呼喊的歌曲也沒影響她！不皺眉頭，不帶微笑，這麼一個毫無表情的冰山美女，他在這家ＰＵＢ看過她Ｎ次了！每一次，她總是獨自一人坐在角落靠窗的位置，面向著整個開放式ＰＵＢ群眾。

她應該是愛熱鬧的女孩，否則也不會來到這個場所！她的穿著，說不上前衛，但絕對追得上流行，屬於年輕少女敢展現身材的穿法，只要她肯融入舞池，她就是屬於ＰＵＢ的一般平庸俗麗的女孩。

因為不是，所以才引起他的注意，讓他以暗戀式的痴戀開始守候。

他曾經想過，這女孩故作姿態引人注意嗎？幾次印證之後他否定了自己的想法，這女孩根本不在乎引起別人注意！他曾經跟她眼光碰個正著，甚至向她舉杯微笑，卻發現她的眼光只在他的臉上停留幾秒鐘。就「毫無表情」的把焦點移向他的腦後，幾乎讓他以為自己身後來了什麼人！這女孩簡直把他當透明人！他有點生氣，生氣自己像個白痴一樣，一眼就被看穿！此後，他只敢遠遠的欣賞這女孩一身冷冷的魅力。

是魅力！年輕艷麗的臉龐上，偏生一雙人間冷暖世態炎涼都嘗過識透的眼睛，就是那樣風霜滄桑的韻味，引人探索。

沸騰火熱的ＰＵＢ裡，寒涼的現代女子發散魅力，只叫一個無聊男子為之傾心！同樣的特立獨行，同樣的凜若冰霜，在古代，周幽王後宮的美人褒姒，其魅力則大上許多，足以傾國傾城。

周幽王世襲皇帝寶座，一出生即可號令諸侯，成為九五之尊！但他的個性可能不適合當皇帝，朝綱敗壞他不知，民生疾苦他不管，成天只想著如何逗引冰山美人褒姒一笑。

不愛江山愛美人，這在不懂情愛滋味的中國君王裡可算異數。問題是周幽王用來逗女孩的方法，笨！烽火戲諸侯，雖說贏得美人展顏微笑，卻輸掉君王威信，等到犬戎入侵，京師告急，真正拿來求救用的烽火燒得十萬火急，再喚不來各路諸侯將領率軍馳援了。

史書將周幽王歸入「昏君」類，褒姒則成了「禍水」！其實這有點冤，情愛魅人惑人，有哪個男人不曾為女人做過傻事？幽王和褒姒，玩得過火有之，不知輕重確實，但說存心傾國傾城！不會吧！

惹禍的應是魅力兩字！錦衣玉食，三千寵愛集一身，褒姒卻仍一臉漠漠淡淡，這在後宮佳麗花枝招展的爭寵時，自然形成一種魅力，吸引周幽王不顧一切去貼近探索魅力的真相，史官如椽巨筆，怕是忽略了此一細微緣由了。

ＰＵＢ的女孩，傾國傾城的褒姒，皆因與環境截然相異的行為，引人注目，而獨特新奇，只是眾多魅力其中之一。

俊男美女天生具有魅力，其魅力架構在體態容貌上，難禁時間打磨！能鼓舞群眾瘋狂追隨的魅力，有政治人物、影歌巨星等等，然而群眾目盲無知，如潮水衝撞，載舟或覆舟，沒有道理可循！

真正的魅力，必能超越時空，直指人性深處，屬藝術範疇。至真、至善、至美的人與物，其魅力可達永恆。

希望

灞橋柳、渭城柳。漢唐兩代都有折不完的依依離愁。

苦讀多年的士子正要進京赴考，這一去千里鄉關，道遠路遙，也許從此親情夢斷！因為爹娘兩鬢已然霜寒雪冷。也許情海會生波折，因為勢利的女方家長，大有可能把掌上明珠嫁給家財萬貫的紈袴弟子「馬文才」！

所以，無辜的柳樹，讓人這邊拉下一段，那邊扯走一截，都快光禿枯萎了！這真是何苦？恁多相思離愁，提心吊膽，只為從此關山乖隔。不走！不走！不就沒事了嗎？

還是要走！情境千難萬難，卻有兩字可撥雲見日：「希望」。

希望狀元及弟，要不榜眼或探花，也能光宗耀祖門楣生輝，再不成，只要擠入進士榜，莫使名落孫山後，心願便足！

所謂十年寒窗無人問，一舉成名天下知，這是當時書生秀才，寧叫頭懸梁、錐刺股，三更燈火五更雞的原動力。

每個人的希望都不一樣！這話看似老生常談，其實大有道理。當科舉能博功名，山居城鄉都有琅琅書聲，響徹風簷雨廊間。當布衣能為卿相，英雄出自草莽大澤的亂世，有志之士皆習射御，熟讀兵書韜略，期能長弓大戟，為自己留名丹青史冊。等到天下平，將相卿尉解甲歸田，一般百姓各行各業，隨即蓬勃發展，這個時候，豐功偉績沒啥機會，芸芸眾生總還有一朵小小的焰苗，在內心深處燃燒。

學木工的師徒父子，終日在刨鋸木屑中辛苦營生，只希望技藝直追魯班。殺豬宰羊的屠夫老大，臉上油光滑亮，血氣沾惹一身，想來也會希望，能有一天用刀的技術瀟瀟灑灑如庖丁解牛，遊刃有餘。

正因為每個人的希望都不同，這個世界才顯得如此繽紛多采。

還記得小學時代，作文老師免不了會出這樣的題目：「我的願望」。小腦袋裡馬上浮起總統、科學家、老師三個目標，那真是小學生的三不朽。兒童是國家未來的主人翁，將來直上金字塔的或者只是千中選一，但自小立志做大事的人格培育，仍屬必要。

「做總統，大家有機會。」這句話，只是選舉時的政治迷咒，當年的小學生現在都慢慢知道，希望愈高，失望會愈大！杵個巨大的座標，攀爬起來很累。降低一些標準，一步一腳印，階段性的完成每一個小小願望，才是正確的生命態度。

希望，因此可以具體而微，但不能放棄，希望即使微弱如一朵風中燭火，熄滅這一點焰苗，生命僅存的光明和熱力，也將一齊喪失。

中國人常說：「哀，莫大於心死。」心死表示不再期待，不再掙扎，那真是人間最悲慘的事！東方民族的警世言語，果然厚重沉痛。西洋神話故事，相較之下則輕快許多，譬如具有寓意的「潘朵拉的盒子」，讓人慶幸潘朵拉這個金髮女郎，還好眼明手快，及時關住盒子，才能留住最後的希望。

真不知要誇一下潘朵拉呢？還是將她抓過來狠狠打屁股！瘟疫、戰爭、欲望、貧窮等等，這些被上帝關入盒子裡的邪惡精靈，全是潘朵拉控制不了好奇心，打開盒子後飛出來的！讓這人世間，從此災禍不斷，苦難連連。

「希望」還在，還在就好！潘朵拉懂了她闖的禍有多大？再不敢打開盒子，每個人也都懂得不叫希望飛走，不讓焰苗熄滅，心不死！在這人間啊，就沒有傷心流淚的理由。

浪漫

「我喜歡夜遊，開著車，在深夜的時候上路，不預設目標，一邊聽音樂，一邊欣賞霓虹夜街的明媚，或是蜿蜒山路的幽靜。路，讓它無限延長，車內的兩個人，好像正要奔赴天涯海角，那種感覺真的很棒！」一個柔柔的女孩，帶著夢幻的神情說著。

「好羅曼蒂克喔！」另一個女孩則是一臉羨慕。

「國內外旅遊，早玩膩了！駕車出遊嘛，公路上車禍太多，坐飛機呢？這陣子飛安事故叫人心驚肉跳！我家頂樓的空中花園最安全。最近我們迷上了在頂樓花園看都市夜景，老公會帶著吉他，我唱，他和弦伴奏，把我們會唱的民謠小曲一首接一首的唱到深夜，我覺得這才是生活。」有個幸福的女人幸福的說著。

「你們好浪漫！哪像我……」傾聽的女人發出讚嘆。

秉燭夜遊，不枉少年，一男一女暗夜驅車直奔天涯，現代版的少年遊，氣氛是挺羅曼蒂克，但不是浪漫！

上頂樓賞夜景，撥弦唱吟，都會型態的浪漫，和鄉居夜晚絲瓜棚架下閒話桑麻，情境其實類似，城鄉有別罷了。但這種浪漫，仍非浪漫的真正奧義。

浪漫不完全是情境與氣氛的營造，而是直指生命志業抉擇後的堅持態度。

最具浪漫色彩的，應屬愛情，不怨無悔的愛情。

然而在愛情的領域裡，尋找浪漫，並不容易。尤其是習慣速食消費型態的新世代，堅持浪漫愛情者，更是稀有動物。敢為愛情橫抗世俗禮教，在傳統僵化沉重的壓力下，茁生孤傲清絕的情意，因相知相許而愛，因愛而生死不渝，這些真正浪漫的愛情，只能在中國古代的說書話本裡，覓來蹤跡。

夜半情挑，文君當爐的故事。是！

唐人傳奇虯髯客傳，紅拂夜奔。是！

其中，最為人低迴不忍，仍屬遊湖借傘的白蛇傳。

西湖雷峰塔至今猶在，當遊人漫步翠屏山棲霞嶺，耳聽柳浪啼鶯，眼見翠堤籠煙，心中思茲念茲的，恐怕還是雷峰塔下千年萬載永不出世的白蛇白素貞了。

這一則浪漫愛情故事，緣起於一把傘。傘是清湖八字橋老實舒家做的，八十四骨，紫竹柄，油桐紙，撐在許仙手中。清明時節，一場催花雨，正在傘沿外掛起水晶珠簾，傘內，白衣女子一張芙蓉花顏擱在肩旁，香澤微微細細。許仙但只盼望這場春雨，綿綿密密的直下到地老天荒才好。

然而路分兩頭，許仙慨然借傘，躲到人家屋簷下，目送白娘子一身雪色風裳飄渺溶入西湖雨霧煙雲中。

遊湖邂逅，情根先種，借傘還傘，白娘子一縷情絲從此纏定許仙，為情甘犯天條，為愛掀動波濤，水淹金山寺，勇氣執著的態度，正可為後世愛情立下浪漫的典範。

如若抽離愛情，為一份理想而持同樣的勇氣與執著，也可成其浪漫。單騎走天涯，一片孤帆橫渡三大洋，這些特立獨行的冒險故事，一則則都是傳奇，主角也都具有浪漫情懷。但是要說浪漫——卻還是愛情的傳奇，最動人。

殘缺

殘缺，是驚嘆號。

它勾動了身受者和旁觀者最直接的情緒，悲哀、憤怒、不忍等。

電視畫面上，出現一個患有紫斑絕症的小女孩，雙腳自脛骨處截肢，雙眼近乎全盲，生命在童年時即被宣告可能隨時結束！她的父親抱著她，到學生用品店買書包。她在應該上幼稚園的時候，卻一直在醫院度過，和死神日夜拔河。

如今已到達上小學的年齡，她挑選書包的喜悅和驚奇，讓人鼻酸！光禿的脛骨，該如何行走人生世路，紫斑絕症的魔掌，沉痛的籠罩著每個人的情緒，小女孩脆亮透明的笑容和言語，更是奪人熱淚。

身體的殘缺，尤其加諸於無辜稚子的殘缺，便要叫人大喊天地不仁！恨造化洪爐，將人世化作火海！

然而，心靈的殘缺，有時候更令人懼怖！

也是新聞事件。一個逆子，只為謀財花用，處心積慮謀殺父母！手持利刃，由樓上到樓下，踩著父母的血泊一路追砍！電視畫面上兇手一張冷漠的嘴臉，叫人心寒。

這是人嗎？人性靈魂的殘缺，讓他比諸禽獸猶有不如！別說羊跪乳、鴉反哺，即使是站在食物鏈頂端的兇禽猛獸，也沒有這個獸化魔化了的人，來得手段兇殘！

身體殘缺，還有口足畫家殘而不廢自力更生者，因為心靈的圓滿完足，活出讓人驚嘆讚美的人生。而心靈殘缺者，那一副健全強壯的身體，反倒成了助惡的工具，或偷或搶或姦或殺！將自己一生墜入罪惡淵藪。

這兩種殘缺，一則正面一則負面，影響所及，可能是數人或數十人，而社會和政治架構的殘缺，為禍最烈！

常說天災人禍，天災和人禍彷彿可以相提並論，其實不然！天災中的山崩海嘯、颶風豪雨，甚至地殼變動的火山和地震，可能一次奪走成千上萬的無辜生靈！人禍則更甚於百倍千倍，兩次世界大戰，死亡人數估計達兩千萬人！

不同型態的社會架構，造成政治立場截然相異的國家，兩次大對決，成為人類最可怕的浩劫！如今，極權和民主的後冷戰時代結束，第三世界卻又開始核武競賽！人類自取滅亡的缺口，顯然並未因為兩次世界大戰而記取教訓，及時彌補。

這個巨大的殘缺，已不是驚嘆號，而是一把巨斧，鋒利無匹！足夠斬斷人類繼往開來的命脈！

所以，殘缺絕對不美！當補足殘缺而成就圓滿，才能說美！這美是另類型態之美，脆弱敏感，必須細心呵護。戰爭的殘缺以和平彌補，身體的殘缺以心靈完足自我救贖，心靈殘缺者唯有道德律法加以規範！也許，情感的殘缺，尤其是愛情，最是難以彌補！情天恨海，浩瀚無垠，就讓相思化作一隻啣石填海的帝女雀，在山海之間用盡力氣而說不悔！

蘇東坡在〈水調歌頭〉的詞牌上，填下這樣的句子：「人有悲歡離合，月有陰晴圓缺，此事古難全。」

確實如此！人生難免困境逆境，甚至某些殘缺造成遺憾，但若能讓一顆心潔潤如月，陰晴圓缺不減清輝，即可隨時填補殘缺，長保圓滿。

輯 六

迷棋·人生愛情如謎

人生棋

車馬象藝，乃我古老國粹之一，據傳始於周末，距今已兩千餘年。也有人依棋盤上「楚河漢界」四字，推論象棋為韓信所創，烽煙戰火之間，拿來紓解緊張壓力的軍中遊戲之一。真相究竟如何？且留待愛考據者，自去推敲。

說起琴棋書畫，這些文人雅士的活動，我這黑手算得上都摸過，只因涉獵未深，無法儼然成家，倒惹來附庸風雅之譏！不過，若只單論棋藝一項，我可從沒認輸過。

棋藝兩大主流，圍棋和象棋，我獨愛象棋！我喜歡象棋開局時，車馬兵卒羅列森嚴的陣式，棋至中局，調兵遣將，拈子落子之際，彷彿自己就是一個縱橫捭闔，威風凜凜的大將軍！如此顧盼自雄，自我陶醉的感覺，相當迷人。

這些日子來，我在大街小巷，公園廟口遍訪奕林群雄，切磋棋藝之後，才又深一層體驗，原來，喜歡這種感覺的棋道中人，為數不少！

南部第二條高速公路，九如到新化段率先通車後，繼續往北延伸鋪設，我一路追隨著工程進度，奔波於官田和白河之間。

就在出六甲，往東山的縣道旁，我注意到有一座小廟，小廟並不顯眼，倒是廟庭古榕枝葉怒張如傘，遮出大片蔭涼。當我在烈日塵砂中揮汗如雨時，那一方綠蔭，總是如此強烈的吸引我！而我知道，最大的誘惑，來自樹蔭底下那一雙雙端坐對奕的老人，和那一場場驅車逐馬的熱烈棋戲。我很想找個恰當時機，與那江湖遺老手談，印證胸中丘壑。

終於，一場豪雨泥濘了施工現場，公司宣布暫時停工，我用偷來的半日閒，攜帶棋具，趕到那一方綠蔭下，向廟前奕棋的老人，列陣就教。

輪番下場的棋局，從下午兩點一直延續到午夜十二點！通名道姓的也認識幾位棋痴，其中一個左腳微跛的鄭姓老人，棋品和棋風，最叫我心折。

就著廟簷燈影，細審這一張年輪深烙的臉龐，我彷彿窺見歲月交揉磨損後，留下的滄桑斑駁！只有眼底的專注熱切，依稀尋來幾許年輕銳氣。他習慣使用老式「反宮馬」布局，並且在這種質樸的布局中尋求柔韌牽纏的變化。

我在一旁看著他和擅長「當頭炮」開局的青年棋手對奕，任憑攻殺犀利的當頭炮，如雷如電，如狂風暴雨，他仍以一截深山古木，在終局時屹立勝出！

他已經把反宮馬以拙勝巧的奧義，相當程度的表現出來。

我與他互有勝負，難分高下！兩人輪流站擂直至深夜，奕局中，我聽著一旁的棋痴老者們交談，才知道這位鄭姓老人的棋力，在廟庭這處天地，允稱第一！言下之意，倒似我這後生小子，頗有猛龍過江的架勢。

寂寂深更，公路上車聲人影漸漸冷落，棋局散後，老人們各自騎著腳踏車，散入大街小巷。我和鄭老執手道別，預約下回謀面對奕的時間。方才棋陣對決，煙硝瀰漫，而雙手互握的一剎那，成敗勝負，都已不掛心頭。

人生如棋之說，若果是真，那麼，鄭老在「人生」和「棋」上的境界，都是高手。

回到工地宿舍，月光照亮停車場的水泥地面，彷彿一泓平湖，怕擾人清夢，我關燈熄火，讓車子化作一葉輕舟，悄悄滑至湖心的停車位。

臨睡前，我把人名和電話，寫在記事簿上，確定了他棋友的身分。也許，我還可以慢慢去知曉或學習，鄭老那樸拙蒼勁的生命態度。

江湖棋

自從台灣這塊美麗之島脫離日帝殖民統治之後，在短短數十年間，由貧困純樸的農業國，一躍而成如今奢華富裕的科技島！如此急促的腳步，難免與許多雋永迂緩的傳統行業，拉開距離！一代之隔，生活型態已經截然不同。

生活習俗蔚成文化，傳統文化首重薪火相傳，而這把火啊！卻掉入代溝中！讓推湧翻騰的「後浪」，給沖熄了。

能不能再重燃薪火？薪傳獎的設立，也許就是火種，讓傳統民俗文化還能發出光芒，也讓挺胸跨步往前走的下一代，偶爾溫柔回首。

就算他們溫柔回頭，眼底能有多少感動？南管北管的絲竹之音，比熱門搖滾更吸引他們嗎？看舞龍舞獅歡度佳節時，他們還吃不吃棉花糖？狀元糕？糖人兒？他們肯不肯放棄災難科幻電影的聲光特效的震撼，安靜品味皮影戲裡的這一齣《樊梨花移山倒海》？

恐怕不情不願！至少，我家剛上大學的小子和小學六年級的小妹就不怎麼肯！偶有傳統民俗文化展覽，我一定帶他們去見識。我這老爸在童玩攤位逗留稍久，小妹會催我：「走啦！你是大人了，還想玩這些嗎？」

民俗文化，逗引上一代思古幽情，下一代卻只當逛了一場不太有趣的夜市！

我悲觀的認定，古老行業沒落，已成定局！十幾年來，至少我一直在尋覓的一種古老行業，確定已沒落，連薪傳獎鼓勵贊助的民俗文化展覽會場上，也從未出現。

這一系列專欄，我寫琴棋書畫裡頭的棋，象棋！這個古老行業就是十幾年前，還偶爾會在市集或夜市裡出現的「江湖排局」。

象棋對弈，原本兩軍列陣，由開局起，利用各類兵種的特性，步步爭先，然後進入中局搏殺階段，兌小求和或棄子攻城！更高明者設陷誘敵，埋伏奇襲等等，各種兵法戰術爭鋒過後，若旗鼓相當，則以些微差距，進入殘棋階段，此時棋盤上零零落落，軍容不整，如何步步為營，抽絲剝繭的爭取最後勝利，端看弈者的殘棋功力。

所謂江湖排局，正是殘棋階段的布局。通常是對方已入絕境，卻有先行一步的微弱生機！這一步如果走差，生機即斷！流傳的古譜排局，如「七星聚會」、「大雙龍」等，步步危機，竟可高達一百餘步！這一百多手棋步，只要其中任何一步，下得軟著，棋就輸定。

我按譜排練過這幾個著名排局，當晚翻來覆去，說什麼也睡不著，老覺得自己還踩著高空鋼索！後來只敢找一些較簡單的排局，如「陽春白雪」、「月下追韓信」等，訓練自己的殘棋功力。

最後一次看見江湖棋在夜市出現，已是十二年前，我在明潭抽蓄水庫工程施工。山城水里每個禮拜四，固定有個大型夜市，飄泊的工程人員，長年身處荒山野嶺，難免喜歡往人多的地方湊熱鬧！我也不例外的跟著大夥兒逛夜市。

就在人聲鼎沸的夜市中，我看見一幅沉靜寂寞的畫面。

一個削瘦的老人，端坐矮椅上，面前一張草蓆，草蓆上六副棋盤，擺著六局殘棋。旁邊一個紙板寫著：紅黑任選，紅方先行，和局當輸，以一搏三。

大夥兒起鬨，要我下場，我仔細推敲六局殘棋，替紅子在萬死之中尋出一線生機！其中一局「三打祝家莊」，正是我在古譜排局練熟看慣！原本紅方解殺之後必勝，但黑方看似無關緊要的一顆邊卒，卻多走一步棋！多這一步，黑方即可求和！而下成和局，我這挑戰者就算輸了。

沉吟許久，我向老人說：「黑卒退一步，我試走紅棋可好？」

那老人微笑著盯著我看，突然開口：「以棋會友罷了！不論輸贏，你走幾步瞧瞧。」

我隨手搬動紅黑二子，回答：「三打祝家莊，二十幾步危棋，我原本也沒多少把握，這樣最好！請指教。」

那老人等我走了十來步，伸手拂亂棋盤，遞給我一支香菸。我收了，夜市討生活已然不易，我不敢咄咄逼人！衝著這份古典拙樸的行業，我倒寧願輸他一百塊錢，交了這個「老」朋友。

夥伴們在我專注棋局時，已經逛了一圈回來，吆喝著回工地宿舍。我向老人道別，並且決定下禮拜四再過來見面，我要送他幾本殘棋古譜。

誰知道這老人從此不再出現！江湖排局在此後十數年，我也不曾遇過，案頭珍藏的棋譜，紙頁漸黃。

夜市人潮中，那個端坐棋局前的老人，黑衫深深的影像，某些時候，仍會在我記憶深處，悄悄浮現。

心棋

「王一生的姿勢沒有變，仍舊是雙手扶膝，眼平視著，像是望著極遠極遠處，又像是盯著極近極近的近處！瘦瘦的肩挑著寬大的衣服，土沒拍乾淨，東一塊兒，西一塊兒。喉結許久才動一下。我第一次承認象棋也是運動，而且是馬拉松，是多一倍的馬拉松。」

這是大陸傷痕文學作家阿城，崛起文壇的代表作：《棋王》。裡頭的一小段文字。書中主角「王一生」這個棋呆子，正以閉目盲棋，挑戰九個棋壇高手，心智和體力的付出，十分鉅大！不看棋盤，單憑記憶和棋力，王一生贏八局和一局，博得棋王封號！且看阿城如何描寫下閉目盲棋的王一生。

「他孤身一人坐在大屋子中央，瞪眼看著我們，雙手支在膝上，鐵鑄一個細樹樁，似無所見，似無所聞。高高的一盞電燈，暗暗的照在他臉上，眼睛深陷進去，黑黑的似俯視大千世界，茫茫宇宙。那生命像聚在一頭亂髮中，久久不散，又慢慢瀰漫開來，灼得人燙熱。」

這一段，讓我看得幾乎連心都要絞成一團！只因我深切瞭解，有「心棋」之稱的閉目盲棋，下起來有多累！我的棋力只能跟一盤棋局下閉目棋，對手也是棋尚未入門的黑手夥伴。我仍需以逼兌的方式簡化棋局之後，才敢睜開眼睛分心旁顧。

一局棋，楚河漢界三十二子列陣對峙，我得先在腦袋瓜子裡，畫好一個棋盤，並且記住雙方車馬炮等各子的動向，當對手遠遠報出棋步，虛擬的心中棋子也跟著移動。記住棋子的走向不難，難在必須一方面記住紅黑雙方的棋步，一方面思索如何爭先搶勢設陷阱得子！一心二用，最是耗費心力。

我嘗試過幾次心棋，發現鬢髮憑添霜雪幾許！嚇得我馬上改掉愛炫的這個壞習慣。

其實，「心棋」一向是特級高中的棋藝表演項目。大陸象棋隊曾經應邀西馬六甲卅六天巡迴賽，大陸棋王胡榮華率隊與馬來西亞棋手比賽，自己表演三場一對五的閉目盲棋，戰績都是四勝一和！作家阿城所寫的棋王，究竟是小說虛構人物！能夠以一敵九的盲棋高手，在現世中，絕對是鳳毛麟爪！

《棋王》一文，把王一生的盲棋推許為「道家棋」，道家原有靈魂自泥丸宮出竅的說法。以一對九，若非神識離體，俯視棋盤，哪能理清那九局錯綜複雜的棋路？也或許，阿城只是想暗示：棋近於道。我倒覺得，心棋的境，更像「禪」。

禪宗靜、定、慧的修持功夫，在心棋對局中，缺一不可。唯有雜念收束安靜，思緒澄明鎮定，才能衍生擊敗對手的智慧。擅下心棋者，想必神韻氣度，必有幾分得道高僧的模樣。

當今社會，喜下棋者已不算多，能下盲棋者更少！我在官田白河之間的鄉鎮四處尋找棋伴，所看到的老人，玩麻將棋賭錢的，比下象棋的多出一倍不止！由棋藝觀察人心世情，忍不住便要有世風日下之嘆！書寫一些「心棋」的經驗與感慨，並列舉虛構與真實的棋王，對我個人而言，有幾分高山仰止、見賢思齊的激勵作用。然而最盼望的還是——這怡情養性的棋道，莫要式微才好。

我還打算當我結束為工程奔波的日子後，能攜一副棋，遍走江湖呢！

王棋

象棋是一種行軍布陣的紙上實驗。車馬包和兵卒主攻，將士象鞏固城池，主守，攻擊時必須不忘防守，而在防守時也必須具備反攻的潛力。

其中時機和技巧的拿捏，即是象棋兵法，如此具體而微的兵家權謀，其實可以訓練棋手心智，增加隨機應變的能力。

自古以來，許許多多政商領袖人物，都曾研習過兵法，尤以《孫子兵法》一書，最為人所推崇。

據說當年法國名將拿破崙，在一次戰事失利的夜晚，心情沉重的拿起書桌的孫子兵法，當他看到一句「鳥起者，伏也。」不禁恍然大悟，拍案大話：「早知，就不會損失那麼多英勇的戰士了！」

原來，當日他的軍隊移轉陣地時，前方一帶樹林，曾見鳥雀飛高伏低，當時不以為意，卻在那片樹林中，被埋伏的敵軍襲擊，損失慘重。

被政商領袖或軍事家奉為座右銘的《孫子兵法》，其實只是現存「武經七書」之一。這七本武經，就是孫武的《孫子兵法》、吳起的《吳子兵法》、鬼谷子的《慰繚子》、姜太公的《六韜》、黃石公的《三略》、田穰苴的《司馬法》、李靖的《李衛公問對》。七本武經兵法，各有擅專奧義，人壽有涯，好兵家權謀者當有不能盡讀之憾。

依我的看法，兵法入門，何妨由奕棋小道開始，隨著棋力的增進，亦可一窺武經殿堂。棋壇上，常有奇正之論。正者，為堂堂正正之師，經千錘百鍊而形成的兵法，當頭炮、屏風馬，為其主流。奇者，即所謂的「兵行詭道」，單提馬、五九炮等自偏鋒突出奇兵，每每令人眼睛為之一亮。

中國大陸棋王胡榮華，曾經連奪十屆個人賽全國冠軍，號稱十連霸！華人棋壇上的光輝，至今無人能出其右！有一段時期，胡榮華以單提馬和五九炮的布局，盡敗群雄。為「奇能勝正」的兵法，做了最佳詮釋。

十連霸的棋力固然秀出群倫，然而最為人所稱道的卻是他的心理戰術應用！他曾經在一次冠亞軍爭奪戰時執後手棋，而積分領先的對手只要下成和局，就能穩坐冠軍寶座，按棋理而言，先手者有「先行之利」，若想穩健求和並非難事，因此，先攻者果然以炮二平五開局，企圖在激烈的對攻中逼兌子力，簡化棋局。

胡榮華一子未動，靜坐棋盤前達十數分鐘！棋史上，從未有人會開局前沉思如許之久，因為象棋比賽有時間限制，這寶貴的時間大都在中局搏殺時使用。當他沉思十分鐘後，幾乎每個人都認為他身處劣勢，已露出怯戰之意！

他的對手已經不耐煩的起來沖泡兩次茶水，胡榮華突然出手！從開局到中盤一直飛快，不僅搶回那十幾分鐘，還以強大攻勢，奪得該屆冠軍，蟬連寶座。

事後，他淡淡的回答所有好奇的人：「示弱以驕敵之策罷了。」

十連霸退休前，棋王寶座由趙國榮奪得！新棋王有「東北虎」之稱，然後李來群、徐天紅等新秀崛起，宣布棋壇的戰國時代來臨。台灣棋王吳貴臨，實力亦不遑多讓，曾在兩岸三地，好手雲集的五羊城盃棋賽中，奪得第三名。

淺說棋壇風雲史，令我這愛棋成痴的工程黑手，胸中熱血沸騰，只是我有工程進度要趕，有一家老小需要我的薪水供養，這「見賢思齊」之念嘛，只能留待退休之後再說了。

至於奇正之爭的象棋兵法驗證，我剛好巧遇一個擅走單提馬的吳姓棋友，在蓮鄉白河鎮大林里活動中心稱王！我以當頭炮局迎戰過幾回合，勝負相差極微。

目前，我打算也從《孫子兵法》開始研讀，並且排練十連霸所著的《象棋賽譜》一段時間後，再找個蓮花飄香的日子，尋上白河大林里，投帖求戰。

且看小小棋國，王座誰屬。

迷棋

夕陽西下，
斷腸人在天涯。

元曲〈天淨沙〉，把夕陽西下和斷腸人連在一起，讓一整天裡最美的這個時段，染上古典悲涼韻味。我在赤山龍湖巖下，看著一輪斜陽潑灑漫天紅霞時，雖然想起這句話，念頭卻只一閃而過，隨著工程飄泊的我這黑手，一丁點悲涼情緒，都沒被勾動。

夕陽的確很美！更美好的感覺，則是我應棋友之邀，正等待一場黃昏棋約。

手機在下班前響起，那個卡車司機老李大聲說：「你小陳是嗎？晚上加不加班？過來殺兩把，老地方囉！」

他所說的老地方，就是龍湖巖下，龍湖寺前的廟庭古榕。寺廟大開方便之門，除了在一側廂房闢出一間閱覽室外，廟庭榕樹下的石桌石椅，全刻下一幅幅棋盤，吸引寺廟附近的居民，來此上香禮佛兼下棋怡情養性。

在榕樹下捉對廝殺的棋手不少，老李是塊頭最大嗓門也最大的一個！五十出頭的莽漢子，下起棋來，不只不管「觀棋不語」的那個「真君子」，甚至喝了點小酒後，連「起手無回」的那個「大丈夫」也不屑做。

他說：「什麼大丈夫？不就是下錯了！知錯能改，悔一步才會進步嘛，你說是不是？小陳。」

還好！即使他有幾分酒意，每一次悔棋只悔一步！我總是很有耐性的等他重整兵馬，東山再起。上一盤棋，試過當頭炮強攻猛打不成，下一局他可能改用屏風馬堅守城池！如果又沒守住，他會突出奇兵，以仙人指路的兵局，企圖殺出重圍！限於棋力，他難得下贏我一盤，捱到夜深人靜了，他的銳氣和鬥志從不打折！

我相信棋風暗合人性！細密、粗疏、豪放或率性！老李大膽棄子爭先，敢於求新求變，不以成敗論英雄，只求盡力一搏，這是唯一讓我欣賞他的地方！但同時我也替他捏了一把冷汗，棋只是棋，車馬兵卒在一場敗戰之後，仍可重新來過，他若是疆場主帥，便有千軍萬馬，也叫他給坑了！

也許，老李一直沒弄懂，為什麼他從原本的貨運行老闆，打拚到五十多歲，反倒成了跑單幫的貨卡司機，辛辛苦苦的為三餐如此奔波！而我，和他幾次棋局對博，卻瞧出一些端倪。所謂江山易改，本性難移，然而當局者迷，我能跟他說什麼？

說性情和棋風不改，他的棋力和人生將一個樣，休想踏上巔峰！這樣嗎？

夕陽餘暉消褪艷色，榕樹下對弈的棋手慢慢散去，寺廟執事老人已開始點燃大殿琉璃燈火，老李跑完最後一趟貨物，一定來得及赴約。也許塞車，台灣的交通生態原就叫人擔心。也許他那輛老爺貨車抛錨了，正停在路旁歇著！但我猜最可能的情況是——他送完貨了，而那家熟識的老闆邀他喝三杯。

他大概會這麼回答：「三杯哪夠？不醉不歸才是男子漢！」

有了酒局，他當然可以忘了棋局！

這就是老李，在我這陣子認識的弈友裡，活得最世俗、最煙塵繚繞的另類棋迷。

老人棋

廿一世紀，醫學生化技術等都有長足進步，人類壽命因而得以延長，再加上人口爆炸的危機感，養兒育女被刻意限制數量之後，社會架構終於走向高齡化的結局。

這樣的結局，無所謂好壞。老人的生產力或許減弱，經驗與智慧的傳承，卻可補其不足。

在敬老尊賢的舊世代裡，有句話說得好：「家有一老，如有一寶。」這寶貝可是無價之寶，只不知現代的年輕人同不同意？

我呢？我自舊世代中走過來，跟「年輕」兩字離開很久了，但我一直同意，並且欣賞老人睿智安詳的內在外表。就像夕陽！生命雖僅剩下微溫，卻是最美的一刻。

我尤其欣賞，黃昏時端坐對弈的老人。斜陽餘暉自他們微弓的肩背撤退，專注於棋盤上的一雙眼睛，卻如初星皎月，溫柔而澄澈！我很希望，當我邁入老年，也能坐成這樣的一幅風景。

因為有了期望，所以我已提早規畫！更何況「老年生涯規畫」一詞，早在中年男女的言談中被一再提及。我開始注意到下棋的老人們，他們會在哪裡出現？並且試著靠近他們。

安安靜靜的，我總是從站在一旁觀棋開始。

烏山頭水庫旁有幾座寺廟，以赤山龍湖巖古寺，最具知名度，古寺供奉佛道兩教神仙，香火鼎盛。就在人潮往來之間，我找到一處絕對安靜的角落，古榕綠蔭下的老人棋亭。

棋盤刻在桌石椅上，一群老人，正在下棋！過往香客焚燒金箔錫紙，虔誠火熱！這一處的老人們，個個面沉如水，波濤不起！動靜之間，落落分明。

觀棋不語，算是起碼的禮貌，更何況身處莊嚴肅穆的神佛寶地。我一局局旁觀，並且自他們提兵出馬，行軍布陣的棋路中，替他們的戰鬥力打分數！

我要尋找與我勢均力敵的對手，並且找個機會互較長短。絕頂高手我不敢惹，以卵擊石可是自討苦吃。二流棋手我也不願下場，恃強凌弱，英雄不為也！

而我看到的老人棋，戰鬥力稍嫌偏低！一流高手則是少之又少。但這並不礙我觀棋的興致，他們大都各自找好實力相近的棋伴，棋盤上兵來將擋，難分高下，棋逢對手跟酒逢知己一樣，都是人生一大快事。

在這種老人棋場中，我從不主動邀戰！怕鋒芒太露，惹來他們「後生可畏」的傷感！寧願安份的當個觀棋不語的君子，看見一步好棋，微笑認可後遞過去一支香菸，若棋步實在不怎麼樣，我則看山看水，看古寺前的龍湖上，那一群撲翅戲水的野鴨。

也許，等我真的老得差不多了，鋒芒漸失，棋力漸退，我也要找個山水之間的古寺，呼朋引伴的找幾個這樣的老棋伴，終日笑看棋盤上兵荒馬亂，旗旌飄零，一生成敗榮辱，都不管。

悔棋

先聽我說一則棋壇上流傳的趣譚。

話說秀才王某，有一天獨自郊外踏青，遠遠看見小丘上有座草亭，他循石階盤旋直上，欲待高望遠，一抒胸懷。

等他到了草亭，卻發現亭中石桌有一未竟棋局，仔細一看，三十二子獨缺一馬，正自沉吟，突聞亭外齊腰長草中，傳來咻咻鼻息聲。撥之相尋，原來是兩樵夫拉手絆腳，滾成一團，正搶著那隻馬。

懂棋的人看到這兒，一定會忍不住微笑起來！沒錯，這是悔棋，有人要悔，另一人卻不讓悔！但為了爭那麼一步，從亭內滾到亭外，未免太過誇張。

棋盤上，除了寫著「觀棋不語真君子」之外，另外一句就是「起手無回大丈夫」。詩詞上說「煙波釣叟不識字」，雲霞樵客想來也少讀書，能通筆墨，早赴京趕考，求取功名去了，又何必當那砍柴叫賣的樵夫？

不認得棋盤上的文字，但起手無回的棋規他們懂不懂？我相信他們懂！懂了為什麼還非得悔棋不可？

是不忍罷了。以棋而論，一馬之失，可能落得全軍皆歿的下場！車炮全毀，兵卒奔逃，君城之內將帥成為階下囚！那樵夫一定這麼想：只怪自己不小心，錯失一步，但只要悔了這一步，仕帥兵卒立解倒懸之苦，這一「馬」，萬萬失不得。

不讓悔的人，除了有棋規之外，一定也有理由：取得一馬，逼迫敵軍潰敗，即可班師回朝。眼見勝利在望，又怎肯讓敵方悔棋，叫自己軍士再上征途，忍受烽煙離亂之苦。

悔與不悔，皆緣多情。

相較之下，現在拿得起放得下的大丈夫，比諸古人，多得太多！青春韶華，情仇愛怨，這世事原就起手無回，誰又能後悔什麼？於是，峭冷的眼神，決裂的手勢，便在現代正規棋賽或江湖棋場上出現。

正規棋賽沒話說，既然是比賽，規則一定需要遵守。可是，我在以象棋消遣餘生的老人棋場裡，也曾見過這麼一個現代無情丈夫！

老人的棋力，或許尚不足列入一流高手的境界，因而在廟宇樹底對弈時，為爭一步悔棋，可以爭執得繽紛熱鬧，不完全是輸不起，只是不忍一時錯手，坐看戰場內兵荒馬亂，兵卒呼號奔逃！

然後我看到一個戴著眼鏡，臉孔白淨冷漠的中年男子，介入棋局。老人們推出下得最好的一人，與之對弈！這陌生人棋力果然高明，兵臨對方城下時，那氣勢和臉色，當真是咄咄逼人。

尤其他不准悔棋，手腳又快！那老人推出一子，喊了一聲：「啊！」才待縮手，一隻車已被他夾手搶過，冷冷的說：「將軍！」

那是老人連輸三局後，唯一可能扳回顏面的勝局！卻因一著錯手，而陷入重圍！我幾乎察覺老人呆看著棋盤的眼睛裡，有淚光瑩然。

那人贏了第四局後就走了！並不理會我出口邀棋！我只想挫挫他的銳氣，就算我力有未逮，但我將盡力一搏！

不管輸贏！我非常確定，我永遠不會喜歡，從不悔棋的棋手。

兄弟棋

棋盤上刀兵相見，互不相讓，使盡一切手段令對手潰敗奔逃之後，若還能握手互道珍重，期待下回續戰者，即可謂棋友。

這樣的朋友，絕不會在現世生活中，算計你。

我恰好有這麼一個兄弟般的棋友。

他是小學老師，外觀原本溫文爾雅，近三年來另外迷上長跑後，很快的變得瘦黑結實。近五十歲的人了，拼起玉山路跑馬拉松，還能奪得全台第八名！他希望滿五十歲以後，參加長青組馬拉松，目標鎖定全台冠軍，說什麼也要在有生之年，拿下這個寶座。

馬拉松全程四十二公里！要連著跑四個小時左右，我只聽他談跑步，就覺得自己快喘不過氣來。

我也會說一說我的近況。工程人員一向飄泊不定，通常他會先問我人在哪裡？從關廟、官田，到如今的蓮鄉白河，第二條高速公路往北延伸施工，我人就會一直往北跑。

接下來一定又問：「還寫不寫文章？」一聽我在哪家報紙寫專欄，就很捧場的說他要改訂那份報紙。

等我欣賞完他路跑的獎盃、獎狀，他也收下我給他發刊文章的剪報後，八小時內，我們不再交談。

棋局馬上開始！他從皮夾裡拿出那張記錄表，小心翼翼的攤開壓平。折痕已經裂開幾條縫的薄紙上，記載著八年來兩人棋賽的勝負，總成績相差不多，對弈數百餘局，他目前還暫時領先我九局。

我們維持一個月或半個月一次，相聚拚棋！所謂拚，是既比棋力，也比體力。每次棋局大概從夜晚八點開始，下到凌晨四點！如果超過四點，一定是平手之後的加賽場，以求分出勝負。加賽局大抵成和，因為那時候，體力和思考能力都已是強弩之末！誰也沒力氣奇兵突起，攻城掠地！

但我倆都不敢超過五點！怕濛濛天光，洩露兩人各自返家躡足進入臥房的身影。

讓老婆知道下棋下成這副德行！想敲定下回棋約，就有點困難度了。

他下棋時心思細密，果敢明快，是棋風也是性情，這類攻擊型棋手，先手一定是當頭炮開局，執後手棋則成補列炮局，形成對攻局面。他曾參加高高屏三縣市獅子盃棋賽，連著兩屆拿下銀牌，乙級銀牌！甲級屬國手級段位賽，我和他一直不敢越級參賽，識時務者真英雄，去打無法還手的仗太辛苦，這點自知之明，我們還有。

和他擅長攻擊相比，我的棋路較多寬闊！有時候豪情萬丈，以大列手炮與他激烈廝殺，有時候故意以柔剋剛，一試自己後手屏風馬的柔韌度。至於想要點小手段，布下冷門的過宮炮、穿宮馬等，總是輸棋居多！兵行詭道或以奇勝正，對我而言行不通！我的棋風其實和他相近，因而橫車對直車的順炮局，下來旗鼓相當，已成我倆弈局的最佳模式。

在棋盤上爭先取勢，互逞心機，恰巧是將心思明明白白的攤在棋局中！高山流水，扣絃放歌，他懂我心裡想什麼，我也懂他，這就是知心，是兄弟。

所以不必刻意立下盟約，我倆都很知道，兄弟棋約，這輩子大概不會中斷了。

無情棋

年輕的心，像一把剛出爐的寶劍，銳利、閃亮而燙手。

那時候在軍中，我是跆拳教官，一百多條好漢排列齊整聽我號令，出拳踢腿跨步！誰要動作慢了些，我會一腳將他踹到一邊去！渾身稜角尖刺的性格，不只軍中同袍知道，連營房旁彈子房的小混混也知道，有我在，他們跟計分小姐講話，一定是又規矩又客氣。

就在這個最鋒芒畢露的年輕歲月裡，因緣際會，我竟然潛心研究起棋藝來了。

說起來該怪連上兩個排附士官長！

一個我們叫他總務排附，發放衣服鞋襪和香菸時，最會斤斤計較，毫不通融！另一個姓朱，專管廚房，挺胸凸肚滿臉油光，我們糗他和廚房後頭養大的豬一樣雄壯威武，他從不生氣，只會一巴掌甩過來，笑呵呵的說：「小兔崽子！你以為你很聰明嗎？那幾頭大豬可比你們聰明多了。」

整天在豬舍廚房出入的朱排附，和陰沉瘦小精於算計的總務排附，天生就是死對頭！尤其是下棋的時候，只要棋盤擺上桌子不久，就會聽到他們開始大聲爭吵，推搬棋子，更像舉石頭拿啞鈴一樣，也不知砸碎多少棋子了。

偏偏他倆都愛下棋！阿兵哥的少年棋手棋力不成熟，他倆下得索然無味，一對冤家只好天天碰頭吵上幾盤棋。

我是被他倆嘲笑「臭棋」的阿兵哥棋手之一！年少狂傲，哪容得尊嚴被如此踐踏？然而棋道和跆拳道硬是不同！我的勇氣加銳氣加拚命三郎的血氣，仍舊無法撼動他倆堅守的士象城池！所謂棋差一著，滿盤皆輸，我這初生之犢再怎麼衝撞，就是無法掙脫他倆慢慢收束的羅網，每一次也總是很難看的死在他倆笑嘻嘻的虎口裡。

當時只覺這人世間，最冷酷無情的就是棋道！象棋應該改名，叫無情棋。

沒法子贏，卻也不肯認輸的我，從此不再涉足彈子房當那護花英雄，一有閒暇即研究棋譜，數中祕、梅花譜、馬炮爭雄、名人賽譜精選等等！

偶有所得，便端著棋盤，晚點名後找士官長報到。

「殺兩盤！」我敲著補給室的門或廚房的門說：「小陳試新招來了。」

那時一心求勝，棋盤上「觀棋不語真君子，起手無回大丈夫」的聯句，我塗掉了，另外貼上一聯，寫著「量小非君子，無毒不丈夫！」輸一次棋，我的胸襟肚量就寬一分，不輕不重的被損幾句話後，記住輸招。回去翻棋譜尋找破解之道。

退伍前幾個月，我就把那兩句話撕了下來，他倆想贏我一盤棋，已經有些辛苦！這會兒輪到我不輕不重的說：「薑當然是老的辣，可英雄出少年的事也有！是嗎？」

歲月如梭如箭，狂妄的烈火青春，轉眼灰飛煙滅！一副象棋，卻輾轉相隨到如今。

也幸好棋道具有怡情養性的特質，我那年輕狂飆的性情才得以沉潛轉換，甚至到後來還能提筆為文，也拜沉迷棋藝所賜！若不能訓練得心思細膩，觀察敏銳，棋林高手和作家，也無法當成！

我的棋，到如今尚停留在一流和二流之間，離卓然成家的大師級棋手重鎮，還隔著好大一段距離。寫到這兒，倒覺得我的棋力和寫作功力，剛好成正比。

都不急！我還不夠老呢！當初阿兵哥在士官長的陰影下，錯把象棋誤認為無情棋，如今已知錯，棋本無心，要把一生擺成多情棋或無情棋，都是自己。

電腦棋

打從二十世紀末，電腦已經成為家庭必備的電器用品！網際網路的普及化，更可以讓人坐電腦桌前，與世界各角落互通訊息。一般家庭，若沒有奔騰六百，沒有視窗九八，簡直成了這個資訊世界的拒絕往來戶！

象棋，理所當然的也進入了電腦時代，薄薄的一片磁碟，可以凝聚數十人的心血智慧，分出等級段位，與你對弈！與電腦下棋，必須能夠適應其算計精準、冷酷無情、體力絕佳的特性，否則，將會死得很難看！

其實，在二十世紀末，當電腦「深藍」毫不留情的擊敗西洋棋世界棋王之後，已然宣布人工智慧世代，正式降臨。

象棋的人工智慧，據我所知，目前最好的僅能達到段位，剛好與我旗鼓相當，棋力接近。因此，每逢例假日，在家中棋癮難熬時，我會開機，然後泡一杯香濃咖啡，耗盡心力的與磁碟裡那五個段位高手，一爭長短。

這五位高手，布局棋風各不相同！有堂堂正正之師的炮馬兵局，也有專走偏鋒，突出奇兵的過宮炮、反宮馬等，至於他們的名字，愛看古書的人都知道，且聽我細說端詳。

第一位，豹子頭林冲。八十萬禁軍槍棒總教頭，被奸人所陷，頂風冒雪夜上梁山。

第二位，玉麒麟盧俊義。北京城第一長者，名傳大江南北，被軍師吳用設計請上梁山，共聚大義。

第三位，智多星吳用。精通行軍布陣之法，足智多謀，算無遺策，堪與諸葛孔明匹敵。

第四位，及時雨宋江。仗義疏財，輕色重友，只因怒殺閆婆惜，被迫逼上梁山。

第五位，托塔天王晁蓋。為人正義忠厚，與軍師吳用等人智取生辰綱後逃上梁山。

我跟古人對弈嗎？而且對手是嘯眾聚義，殺人不眨眼的梁山泊好漢？

當然不是！只磁碟片名為象棋水滸傳。引用這部小說人物，區分象棋級數。像阮小二、一丈青等，在梁山泊並非核心人物，電腦棋力便將之定位於六級八級，適合初學者。

經過幾個月來，與電腦棋手纏鬥，我大概已抓住他們的思考模式！也找出了程式設計的破綻。一塊磁碟片，存放棋譜的資料有限，當然無法跟巨型電腦「深藍」一樣，能夠主動思考以求新求變！我距離「棋王」很遠很遠，但既已摸清楚電腦的破綻，而它又不懂自我調整，遂也能輕易的將它擊敗。

磁碟附帶說明，勝局加分，負局扣分！積分達一萬分之後，若將對戰紀錄，傳送給中華象棋協會，即可榮獲棋力初段的證書。我有兩次一萬分的記錄，把梁山泊眾家好漢，一個個K得灰頭土臉！但我不想申請證書，我只希望象棋的人工智慧能夠繼續研發增強，縱不能與「深藍」並駕齊驅，至少也需有三段棋力！僅憑目前段位棋力設計，未免太也小看棋壇上，許多臥虎藏龍、豹隱不出的無名棋手。

台灣棋王吳貴臨如今出版一系列象棋兵法碟片，給電腦族棋手一個學習的機會。其中兵法細說和實戰精選，大有可觀！唯沙盤推演的人工智慧，雖說設定為初段，依我與之對弈的感覺，仍嫌軟弱無力，比諸梁山泊五虎將差多了！算是美中不足之處。

不過，象棋人口普遍高齡化，如果把棋力定得太高，恐怕e世代的少年人，一按到象棋空中棋社，便即退避三舍！目前的人工智慧，其實也已足夠！

為發揚國粹，e世代棋手，何妨一試。

君子棋

觀棋不語真君子
起手無回大丈夫

象棋棋盤上，除了「楚河漢界」之外，旁邊大都還會加上這麼兩句話。其實這算是棋規，不只規範局內人，也規範了局外人，不過，規範的方法非常高明，已經合乎「以鼓勵代替責備」的現代教育觀念。

誰不想當真君子？那麼，即使心癢難捱，也得忍上一忍！至於大丈夫，自認有幾分棋力者，大概都做得來，悔棋？就好似飛出一炮，直達敵陣，可惜目標偏了！這一顆炮彈，焉有撿回來重新瞄準的道理。

我喜歡下棋，曾經與我列陣對峙者，何止千百！但能夠讓我定位為棋友者，一定是真君子和大丈夫的特質，兼而有之。

和這類棋友對局，在棋盤上各逞心機，互不相讓，是一件相當過癮的事！如果實力相近，那就更像張飛遇上馬超一樣，痛快的挑燈夜戰，渾然忘我！

我在牡丹水庫施工期間，就曾遇到這麼一個棋友，令人懷念不已。

與這棋友相遇結交，算得上是一篇傳奇。

那時候，牡丹水庫的土石大壩，正如火如荼趕工！我被編入夜間施工組。夜班通常在凌晨結束，我睡到隔天九點就已足夠，然後帶著初稿筆記本，跨上摩托車，在恆春半島山海之間漫遊。

就在後灣濱海公路旁的一間小廟前，我眼睛望著碧波盪漾的大海，心裡構思著這山海美景如何以文學記錄，我大概站得僵了，想得痴了！連一輛警車已經在廟前公路上停好，三個警察朝我走過來了，我還沒發覺。

他們是墾丁國家公園警察大隊，巡邏箱就掛在廟簷龍柱上！當然，他們也順便盤察我這神思恍惚的可疑人物，以確定我不是偷渡客！

話題不知如何扯上象棋！其中一個警察指著同伴說：「講下棋嗎？我來幫你介紹這位——高聖明先生。他就是我們公園警察大隊的第一高手，常常找不到人跟他下棋。」

我剛好也有同樣的苦惱！牡丹水庫施工夥伴中，也沒人肯跟我下棋！我從筆記本上撕下一張紙，上書姓名地址，算是下了戰帖。當天晚上，家住石門的這個原住民警察就找上工地宿舍了。

他擁有台灣原住民豪邁勇武的天賦，故爾擅長炮局攻殺，當頭炮他應用得好，我以柔克剛的屏風馬也不壞。

他曾經恆春半島六鄉鎮棋賽排名第三，我則在高雄縣棋賽教師盃，連奪兩屆銀牌！只因為在我熟悉的工地宿舍裡我自己的書桌上列陣迎戰，天時地利人和全佔了，因而始終略勝一籌。

所謂棋逢對手、將遇良才皆屬人生一大快事！此後，每逢他休假返家，總會先與我定下棋約，伴著隔壁床位工程夥伴的大小鼾聲，竟夜手談。交情，就這樣厚厚的疊出一層。

牡丹水庫完工後，我隨著工程奔波他鄉，遠離恆春半島！那一段以棋論交，肝膽相照的愜意痛快，只好暫時留在記憶深處，並企盼他日，再相逢。

俠棋

公園裡的一座涼亭。廟口如傘的榕樹下。包括各個社區老人活動中心等等，只要有老人聚集的地方，就可能出現老人棋場。台灣的棋藝一道，有沒有式微呢？我覺得有！至少，我所走訪的這許多老人棋場裡，幾乎沒有見過少年棋手。也許是我弄錯了！學棋的後起之秀都在各個棋社裡，接受正規的棋藝訓練。但我參加過正式的比賽，少年組棋手還是人數太少。

棋道沒落，依我觀察，應與社會結構改變有關。舊日農業社會，有所謂「農閒」和「農忙」，莊稼收割後的空檔，即是農人閒暇的時候。三弦、二胡和棋盤，都會自穀倉一角，拿出來擦拭乾淨，彈一首唐山謠，哼幾句思想起，再殺它幾盤棋，正是農閒時最普遍的消遣，棋道，也是這麼代代相傳，延續至今。

而如今的老人棋場，我悲觀的認為，它大概將成為廿一世紀的絕響！

連我這個後中年男子，在老人棋場裡，已成了「小老弟」，而小老弟這一輩的棋手，也不算多！在我的工地裡，數十到數百的工程人員中，縱橫全局的棋手，幾乎難得碰上，中年無法接下老人的棒子，棋場如何持續下去？

間隔一代的少年棋手，更不用說！資訊世代的電腦電玩，極度聲光震撼的遊戲，比諸棋局，誘惑力不可同日而語。棋道薪火將滅未滅，令人憂心！

老人棋場，其實也已逐漸凋零。

我這個飄泊異鄉的工程人員，只有節慶假日才得以返鄉，看一看執意守定鄉間紅瓦老厝的母親。小叔雜貨店前的老人棋場，我一定抽空報到，與父執輩的鄉親弈上幾局。然而這個老人棋場，因為小叔公仙逝，也跟著煙消雲散。

如果我算是個愛棋的人，那麼，小叔公的棋場，就是我的啟蒙之地。

大概從小學起，初識文字，分得清楚車馬包將士象，我就在這個棋場裡，看著小叔公和老友對弈！在弈局中慢慢瞭解直橫車、過山炮、兵卒渡河、拐馬腳等棋規。看了一整個小學中學，直到高中生了，才有機會下場和小叔公對弈。從被讓雙馬到一馬或一炮，足足走了三年！小叔公的布局，中局和殘棋功力，對於當時的我，直如山之高、海之深！

當兵回來，我的棋力進步許多，無需讓子，已經能夠和小叔公棋場裡任何長輩，平手對弈，互有勝負。

進入工程公司，長年飄泊四方，我的識見逐日寬廣，這跟棋力的進步也有關係。尤其在海外荒漠之地，沙烏地、科威特四年，一副棋盤，幾本象棋古譜，伴我度過一個個異國寂寥的夜晚，推演並且汲取古人弈理智慧，自覺獲益非淺。

暗藏寶劍、心懷明珠，回國之後我在小叔公的棋場裡，一試鋒銳，看著他們執棋抖顫欲落，我必須暗暗留有餘地，允許他們走馬行車！小叔公老了，但他仍清楚知道，他一向誇獎聰明伶俐的小子，在棋力上已經強爺勝祖。

如今，我在工程施工地點附近鄉鎮，遊俠式的遍走老人棋場，刻意結交一些逐漸凋零的棋壇耆老，我盡展棋藝，讓他們瞭解，車馬象藝，還有後起之秀願意接棒傳承下去。

我很確定！當我自工程職業退了下來，我拿搬一些石桌石椅，一橫一直的刻畫楚河漢界，在老厝附近，也闢它一個老人棋場。

我會定下規矩。返鄉的後生小子們，要想問候我這叔伯祖輩前，先來一局再說。

國家圖書館出版品預行編目資料

迷棋 / 陳秋見著. --初版. -- 臺中市 : 晨星, 2014.07
320面；　公分. -- (晨星文學館 ; 52)
ISBN 978-986-177-882-2(平裝)

855　　　　103010420

晨星文學館 52

【黑手情書】
迷棋

作者　陳秋見
主編　徐惠雅
校對　黃幸代、徐惠雅
內頁排版　曾麗香

創辦人　陳銘民
發行所　晨星出版有限公司
台中市407工業區30路1號
TEL：(04)2359-5820　FAX：(04)2355-0581
E-mail: service@morningstar.com.tw
http://www.morningstar.com.tw
行政院新聞局局版台業字第2500號
法律顧問　甘龍強律師
初版　西元2014年7月06日

郵政劃撥　22326758（晨星出版有限公司）
讀者服務專線　（04）23595819＃230
印刷　上好印刷股份有限公司

定價320元
ISBN 978-986-177-882-2
Published by Morning Star Publishing Inc.
Printed in Taiwan
版權所有・翻印必究
（缺頁或破損的書，請寄回更換）